JN317349

夜雨の声

岡 潔
山折哲雄＝編

角川文庫
18786

目次

情緒

『春宵十話』でとりあえずお話したことを詳しくご説明しておきたいと思うのであるが、それには非常な難関がある。「情緒」を説くことがそれである。これについて私には自信はとうていないのだが、それをしなければ、私が本当に言いたいことは何一つ言えないことになってしまいそうであるから、押し切ってできるだけやってみることにした。

1

芭蕉《ばしょう》も漱石《そうせき》も滝を句に詠《よ》んでいる。ちょっと比べてみよう。

ほろほろと山吹ちるか滝の音　　芭蕉
荒滝や満山の若葉皆な振ふ　　漱石

芭蕉の句はちょっと武陵桃源という気がしますね。これは情緒の調和である。これに対し漱石の句は、帖木児《チムール》北征の巷説《こうせつ》に大明《みん》国が震撼《しんかん》したことを連想するでしょう。これは物質の運動である。芥川《あくたがわ》（龍之介《りゅうのすけ》）は私に芭蕉の句の「しらべ」を教えてくれた。（『芭蕉雑記』『続芭蕉雑記』、岩波版全集、第六巻）その芥川さえこう言っている。「だが芭蕉の奥に何があるのだろう」しかし私は、芭蕉の奥にはいってこそ「創造」というものがわかってくると思っているのである。情緒という大河を越えなければそこへは行けない。

私はこころというと、何だか色彩が感じられないように思ったから、「情緒」という言葉を選んだのである。「春の愁ひの極りて春の鳥こそ音にも鳴け」と佐藤春夫《さとうはるお》は歌っているが、何もこれだけがそうではなく、情緒は広く知、情、意及び感覚の各分野にわたって分布していると見ているのである。（この言葉の内容をそう規定しているのである）

私たちは明治以後、西欧の文化を取り入れてだいたいその中に住んでいる。それからわずか百年くらいにしかならないのに、私たちはそれまで長い間絶えず身近に感じてきたものを、もうほとんど忘れてしまったようにみえる。

こんなことがあった。去年の十二月初めのある朝、私は四、五十分かかる電車の中にいた。そしてこんな問題を考え続けていた。キーパンチャーには普通若い女性がなるが、よく自殺をする。キーをたたくことがなぜ自殺したくなる原因になるのだろう。全く不思議である。しかも、この問題は非常に重要である。なぜなら近ごろの教育はだんだんキーをたたくことに似てきているし、社会人の生活もそうであるから。

しかしどうもわからない。だいたい、生きるとはどういうことだろうか、と思った。小学校の先生はどういう例を使って生きるという字を教えているのだろう。「みみずが生きている」――これは物質の運動である。「生命保険」――これは肉体という物質にかけた保険である。「生物」――これは複雑な物質が複雑な変化をするということである。すべて物質現象であって、生きるという字を使わなくても言いあらわすことができる。では、生きるという字はいらないのだろうか。

この辺まで考えてきたとき、ふと窓外に目をやると、満目ただ冬枯れている中に、緑の大根畑だけが生きていた。知らず知らず、今日の小学校の先生になってしまっていた私は、ハッと平生の私に返って、アッこれだと思った。この緑の大根畑は「情緒」である。「煩が生き生きしている」「日々生きがいを感じる」――みな情緒が生きているのである。

電車はそのうちに山茶花《さざんか》の木でおおわれている小さな墓の前を通った。見慣れた墓である。山茶花はもう残っていなかった。私はふと、丈草かだれかの「陽炎《かげろう》や墓より外に住むばかり」という句を思い出した。自分のいうことをだれもわかってくれないが、もし親が生きていたら、というようなことがよくあるだろう。「わかる」とはどういうことだろう。考えはこの新しい問題に移っていった。初めの問題とごく近いという気のする問題である。

また小学校に返るが、先生が山とか川とか木とかを教えるとき、例をもって教える。児童のこのわかり方は、「感覚的にわかる」のである。「形式的にわかる」といってもよい。もう少し深くわかるのは、意味がわかるのである。これを「理解する」という。しかしここにとどまったのでは、いろいろの点で不十分である。まず知的にいって、進んで「意義」がわかるまでゆかなければいけない。でないと、えてして猿の人真似になってしまう。意義がわかるとは全体の中における個の位置がわかるのである。だから、全体がわからなければ何一つ本当にはわからない。このわかり方はいわば心の鏡に映るのである。

しかし、いま言おうと思っているのはそれではない。たとえば他の悲しみだが、これが本当にわかったら、自分も悲しくなるというのでなければいけない。一口に悲しみといっても、それにはいろいろな色どりのものがある。それがわかるためには、自分も悲しくならなければだめである。他の悲しみを理解した程度で同情的行為をすると、かえってその人を怒らせてしまうことが多い。軽蔑《けいべつ》されたように感じるのである。

これに反して、他の悲しみを自分の悲しみとするというわかり方でわかると、単にそういう人がいるということを知っただけで、その人には慰めとも励ましともなる。このわかり方を道元禅師は「体取《たいしゅ》」と言っている。ある一系のものをすべて体取することを、「体得」するというのである。

理解は自他対立的にわかるのであるが、体取は自分がそのものとなることによって、そ

のものがわかるのである。道元禅師は、

聞《き》くままにまた心なき身にしあらはをのれなりけり軒の玉水

と言っている。

人の上にはこういうことをする智力が働いている。古人（明治までの人）はこれを真智と言った。前に述べた意義までわかるのも、いま言った体取も、みなこの真智の働きである。前のような働きを大円鏡智、いま言ったようなものを妙観察智《みょうかんざつち》と古人は名づけている。

私には孫が二人ある。二人とも長女の子である。上は十一月生まれで六つ（年はすべて数え年である）、下は二月生まれで二つである。以前は私の家にいたが、今は二時間半ほどの距離にいる。それで私には、彼らが内面的にどう生いたってゆくかを正確に描写することはできないが、上の孫はもうカジを取ってやらなければならない時期なので、両親がそれを巧《うま》くやっているかどうかをときどき見に行くことはできる。数日前にも一度行ってきた。その孫はこの四月から幼稚園へ行っているので、私はその様子を見に行った。そのときの話である。

園長さんは真言宗の尼さんで、本尊さまは観音さまである。その尼さんは朝は観音経を、夜は般若理趣経《はんにゃりしゅきょう》を上げておられる。それを聞いたので私はこう言った。「小さな子に花の美しさがよくわからないのは、頭の、美しさのわかる部分がまだよく発育していないためではなく、心をその花に注ぐ力が弱いからである。心を花に集めることができさえすれば、大自然の真智はその心の上に働いて、その子にはその花の美しいことがよくわかるのです」(大自然というのはいわば奥行を持った自然というくらいの意味である。だから普通言う自然は、この大自然の上面《うわつら》ということになる)。

するとその尼さんはすぐにわかって、次のようなおもしろい例を聞かせてくださった。幼稚園の子供たちにはまだ花の美しいことはわからない。しかし一人だけわかる子がいる。その子はよく私になついていて、私が花を植えるとそれを手伝う。花がつぼみをつけて少し色が見えてくると、すぐに見つけ、大騒ぎをして知らせにくる。花が美しいこともよくわかっているのである。しかし、ここへはときどき娘さんたちがお花を習いにくるが、その人たちには花の美しさはわからない。

一九二九年から一九三二年まで私はフランスにいた。その間に、私は次のような「不思議」に目覚めた。俳句はわずか十七字の短詩である。自分の句の「評価」をどうしてするのだろう。きょう非常によくできたと思っても、翌日には、昨日のはあれは気のせいだったと思うかもしれない。むしろきょうの喜びが大きければ大きいほど、反動として、翌日はそれを強く否定してしまいたくなるだろう。

ところで芭蕉は本当によい句というものは、十句あれば名人、二句もあればよいほうである、という意味のことをいっている。こんな頼りないものの、わずか二句ぐらいを得ることを目標にして生きてゆくというのは、どういうことだろう。にもかかわらず、芭蕉の一門は全生涯をこの道にかけたようにみえる。どうしてそのような、たとえば薄氷の上に全体重を託するようなことができたのだろう。この問題は在仏中には解決できなかった。帰ってからよく調べているうちに、だんだんわかってきたのであるが、その要点をお話しよう。

「価値判断」が古人と明治以後の私たちとでは百八十度違うのである。一、二例をあげると、古人のものは、

「四季それぞれよい」「時雨《しぐれ》のよさがよくわかる」

である。これに対応する私たちのものは、

「夏は愉快だが冬は陰惨である」「青い空は美しい」

である。特性を一、二あげると、私たちの評価法は、他を悪いとしなければ一つをよいとできない。刺激をだんだん強くしてゆかなければ、同じ印象を受けない。こんなふうである。これに対し古人の価値判断は、それぞれみなよい。種類が多ければ多いほど、どれ

もみなますますよい。聞けば聞くほど、だんだん時雨のよさがよくわかってきて、深さに限りがない。こういったふうである。芭蕉一門はこの古人の評価法に全生涯をかけていたのであった。

この古人的評価の対象となり得るものが情緒なのである。

2

人は四次元的存在であって、三次元的断片だけを見たのではわからない。

学校の私の部屋（二階）の前に楠の一叢《ひとむら》がある。毎年夏になると、天気のよい日には碧《あお》条揚羽《すじあげは》が群れ遊ぶのを例としている。今も五、六匹は来ている。それが葉の緑と映えあって実にきれいである。しかし、こんなに碧条揚羽をうれしいと思うのは私だけであって、他の人にはそれほどではないであろう。

私は小学五年のとき（当時私は打出《うちで》という大阪と神戸との中間ぐらいの海岸に住んで、大阪の市内の小学校に通っていたのだが）、六月ごろのある日曜に箕面《みのお》へ昆虫採集に行って、この蝶を見て、一日中追い回したのだが、とうとう採れなかった。私は六年から郷里和歌山県の小学校にかわった。家は大阪府との境の紀見峠という峠の上にあった。私はすぐ蝶の採集を始めた。梅雨明けの日、さっそく山の畑へ行ってみようと思った。かなり長い細い山の道を通って行くのだが、両側の木々はすっかり茂ってしまって、重なり合って、まるで木の葉のトンネルの中を行くようなものである。何という木か、ところどころに白い花をつけている。まだ若々しい木の葉の香りと、その花かどうか花の香りとが混《ま》じって、一面に甘い匂いがたちこめている。ところどころ、すいて見える空には一文字蝶がゆっくりと飛んでいる。この蝶はもう十分あるからいらない。私の足音に驚くのか、それとも私が木の枝にでもふれるためか、ときどきいろいろな蛾《が》が飛立つ。上羽根が真っ白で、下羽根が真っ赤な大きなのもいた。しかし私は蛾はいっさい採らないことにしている。

そのうちに道が尽きて畑へ出た。カラッと視野が開ける。畑の端に櫟《くぬぎ》が植えてある。この櫟が目当てだったのである。かねて見当をつけておいた一本のところに来てみると、見たこともない大きな蝶が羽根を合わせて止まっている。私はハッと息をつめた。じっと見ていると、おもむろに羽根を開いてまた閉じた。何という美しい紫色だろう。私は言いようのない喜びに打たれた。これがオオムラサキである。

碧条揚羽は峠の上には来ない。長い坂道を大阪府の側に下りると、杉の多い村があって、小流れも多い。碧条揚羽は、杉山の陰の小流れの杉の葉の散りしいた上に止まって、その汁を吸っているのである。（私はそう思った）この蝶は櫟の幹の爛《ただ》れに来る蝶よりははるかに敏感である。飛翔《ひしよう》力は、オオムラサキはずいぶん強く、広い谷を一気に渡って消えてしまうが、この蝶のは非常に鋭く、急上昇して急角度にそそり立つ高い杉山を軽々と越え、隣の小流れへ降りるのである。なかなか捕捉できなくて、私は幾度か長い坂道を下ったものであった。

この二つの蝶は私には甲乙なく美しいのである。秋の嵐の翌日、私はこの辺では全く見かけない美しい蝶を二種類も採った。私は中学校の入学試験に落ちたので、もう一度蝶の採集を繰り返した。その碧条揚羽なのである。いま、前の楠叢に群れ遊んでいるのは。

私は祖父にその唯一の戒律「他を先にし、自分をあとにせよ」を徹底的に守らされたことをしばしば述べたが、父のことはあまり話さなかった。しかし実際は、父は私に至れり尽くせりの教育を施したのであった。だがここに一つだけ、私にも近ごろまでよくわからなかった教育法がある。

父は私の三高以前の教科書、雑誌、童話集、作文、絵等をみな屑屋《くずや》に売ってしまったのである。あなた方もこのやり方についてよく考えていただきたいと思う。私はかつては佐藤春夫の「過ぎ去った幸福の家」という考え方にすっかり同感して、本当に「どの停留所からどんな電車に乗ればそこへ行けるか」と真剣に（これは冗談ではないのですよ、私はそういうたちの科学者なのです）その方法を探索したこともあった。

ここで将棋の二上[二]さんの話を聞いてみよう。（「棋譜も雑然、洋服箱に」朝日新聞、わが家の茶の間、一九六三・六・三〇）かいつまんでいうと、こうである。二上さんは新聞に出た自分の棋譜をみな整理するつもりでスタートした。ところが実際やってみると、勝った棋譜はよいが、負けたものは見るのもいやである。それで結局、洋服箱にみな放りこんでしまうことになるというのである。そういったものだろうなあ、と私はいまさらのようにしみじみ思った。

サン＝テグジュペリの童話で、星の王子さまがその友人に羊の絵を描《か》いてくれとせがむところがある。（『星の王子さま』、岩波少年文庫）描く羊も描く羊も、よぼよぼだったり、角《つの》が生えていたり、病気だったりして王子さまのお気に入らない。とうとう面倒臭くなったその友人は、箱にはいった羊を外側から描いた。もちろん見た目には空気穴のあいている箱としか見えない。ところが王子さまはすっかり喜んで、こんなのが欲しかったんだよ、といった。

もうあなた方に十分考えていただけたと思うから、父の教育法がどんなに私によかったかを具体的にお話しよう。父が私のためにつくってくれた無形の箱の蓋《ふた》を開けて二、三のものを取り出してみよう。

まず「春宵」の二字がある。前にいったように私は中学校の入学試験に落第した。そのころ雑誌は『少年世界』をとってもらっていたのであるが、その四月号の扉に中学生の制服を初めて着た少年が立っていて、うしろに春の月がカサをきていた。そして千金の子と春の宵と書いてあった。別に色彩はつけてなかったが、その情景が私には非常にきらびやかなものに見えた。そしてこんなになれたらどんなによいだろうとあこがれたり、私には果たしてそんな日がくるのだろうかと危ぶんだりした。五十年後、毎日新聞に十話を書くことになって、その上に二字置いてくれといわれたとき、私は即座にこの春宵を選んだのである。

また次のような歌がある。「みちを挟んで畑一面に、麦は穂が出る菜は花盛り、眠る蝶々飛び立つ雲雀《ひばり》、吹くや春風袂《たもと》も軽く……」(文部省唱歌、「いなかの四季」)。私にとってはこれ以上美しい歌はないのである。(私はものを「歌」と「詩」とに分けている。ともによいものであるが、たとえば芥川の作品の中にはそのまま詩であるものが相当ある。『春夫詩集』(岩波文庫)は美しい歌である。漱石の『明暗』も、井上靖の『敦煌』も詩である。ゴッホの絵にはほとんど例外なく詩がある。大観の『瀟湘《しょうしょう》八景』には歌も詩もある)

さらに底には『幼年画報』の表紙の紫苑《しおん》や葉鶏頭《はげいとう》がある。私は十年間京都に住んだのであるが、秋ごとに岡崎《おかざき》の美術館の片隅に燃えるように咲いたのは、実にこの葉鶏頭であった。またこれで十年間奈良に住んでいるが、毎年板塀の上から美しくのぞいて秋が来たことを知らせてくれるのは、この紫苑である。

これでもう、私のいいたいことはだいたいおわかり願えたと思うが、何しろ最も枢要な点であると思うから、私の場合の例をいま一つ述べて、十分念を押しておきたいと思う。

一九二九年の晩春、私はパリの南の門ポルト・ドルレアンにある学生都市の薩摩会館の三階に、友人の物理の中谷《なかや》宇《う》吉郎《きちろう》さんと、廊下をへだてた筋向かいの部屋に住んでいた。私の部屋の窓からはパリの郊外がよく見えた。「のいばら」が咲いていた。そのとき中谷さんは私にこう教えた。「岡さん、数学について書いたことはみな日付を入れて残しておきなさい」私はそのとき以来、今に至るまでこのことを実行している。今後も続けるつもりである。

だいたいレポーティング・ペーパーで二年間に二千ページほど書く。それをだいたいフランス語で二十ページほどの論文にして発表しているのである。ところで論文を書いてしまった後のものだが、これをためておいても決して見ようとしないのだから、結局狭い家をなお狭くするだけである。それで一年ほど前、風呂を焚《た》くのに使ってしまった。（ある知人にこのことを言うと、今後は自分にくれと言うから、そうすることに約束した。しかし何にするのだろう）

これはたとえば写真のネガチブのようなもので、何もわからない間は非常にていねいに書いてあるし、少しわかってきて結果らしいものが出始めてからは、書かないでもよくわかっているものだから、面倒がってほとんど書いていない。論文を書き上げるまではこれで十分よくわかっているのだが、書き上げてしまってしばらくたつと、読み直してみても、私にも何のことだか少しもわからない。こういう代物《しろもの》なのである。燃やしてしまうと一番完全なのだが、何もそうまでしなくても、これも私にとって無形の箱なのである。だからこそ、森羅万象《しんらばんしょう》がここにあるのであって、私は行こうと思えばいつでもそこへ行って住めるのである。

　こういった行き方の究極を、道元禅師は『正法眼蔵』で示してくださっている。(岩波文庫、上、二九、恁麼《いんも》)

……直趣無上菩提《じきしゅむじょうぼだい》、しばらくこれを恁麼といふ(恁麼とは未知数Xというくらいの意味)。この無上菩提の体たらくは、すなはち尽十方界《じんじっぽうかい》も無上菩提の少許なり、さらに菩提の尽界よりもあまるべし。われらも、かの尽十方界のなかにあらゆる調度なり。なにによりてか恁麼あるとしる。いはゆる身心ともに尽界にあらはれて、われにあらざるゆゑにしかありとしるなり。身すでにわたくしにあらず、いのちは光陰にうつされて、しばらくもとどめがたし。紅顔いづくへかさりにし、たづねんとするに蹤跡《しょうせき》なし。つらつら観ずるところに、往事のふたたびあふべからざるおほし。赤心もとどまらず、片々として往来す。たとひまことありといふとも、吾我のほとりにとどこほるものにはあらず。恁麼なるに無端に発心するものあり。この心おこるより、向来もてあそぶところをなげすてて、所レ未レ聞をきかんとねがひ、所レ未レ証を証せんともとむる、ひとへにわたくしの所為にあらず。しるべし、恁麼人なるゆゑにしかあるなり。

（傍点筆者）

3

これで「情緒」とはどういうものかおわかりくださったと思います。私たちが緑陰を見ているとき、私たちはめいめいそこに一つの自分の情緒を見ているのです。せせらぎを見ているときも、「爪を立てたような春の月」を見ているときも、みなそうなのです。だから他のこころがわかるためにも、自分のこころがわかるためにも、「情緒」がよくわかると非常によいのである。ではそれにはどうすればよいだろうか。情緒の調和は分けられないから、この問題に対しても、やはり私に対してはどうであったかからはいるのがよいと思う。

前に述べた父のつくってくれた無形の箱の中には、ずいぶんたいせつなものがある。何よりも国語、それから歴史。これらの価値はどれほど重くみても見すぎることはないであろう。その後にあっては、何といっても文学であろう。国語、国文学は歴史とともに国民の情緒の背骨をつくるものである。これを軽んじては、国民はみな海月《くらげ》のように骨抜きになってしまうだろう。

道元禅師曰く「いかなるか過去心不可得といはば、生死去来と云ふべし。いかなるか現在心不可得といはば、生死去来といふべし。いかなるか未来心不可得といはば、生死去来といふべし」（『正法眼蔵』上、一九、心不可得《しんふかとく》）

七月のある日、私は遠来の友人と二人で法隆寺を訪ねた。夢殿にしずかに雨が降っている。じっと思いにひたっていると、だんだん「籠《こも》りていますが如く」思えてくる。

中宮寺の如意輪観音は深く思いを凝《こ》らしていられるがごとくである。かたわらの天寿国《てんじゅこく》曼荼羅《まんだら》を見る。太子がお若くてお亡くなりになったとき、御妃橘の大郎女《おおいらつめ》はたいへんお嘆きになり、推古《すいこ》天皇にお願いして百済《くだら》の絵師に下絵を描かせ、宮中の采女《うねめ》たちに命じて刺《し》繡《しゅう》させ、あかずながめておられたのがこの曼荼羅であって、天寿国というのは太子のいまおいでになる所だという。今は刺繡が剝落《はくらく》して下絵の出ているもののほうが多い。染料はいろいろな名の植物、蓮はエジプトのもの、花模様はペルシャのものだろうと友人は説明してくれた。色も変わっていることであろう。大郎女のながめ入っておられた真新しいころは、童話の世界のようであっただろうと想像される。法隆寺を出て前の茶屋で昼食をとった。私の思いは天寿国から離れなかった。

薬師寺に聖観音菩薩を見奉った。東塔は大きさといい、全くすばらしい。法隆寺の塔は引締まっていて男性的であるが、ここの塔はふっくらしていて女性的である。ともに美しい。

秋篠寺を訪ねた。伎芸天は今日の私の気持にはそぐわなかったが、案内して下さった住職の息子さんがサン＝テグジュペリの『星の王子さま』の愛読者であることはうれしかった。私たちは住職にお茶をご馳走になった。ふと目をやると、まだ降りつづいている雨の中に、一昨年の台風の痛手のまだ癒えない林があって、その下に夏草が茂っていた。私はまだ天寿国の曼荼羅を思いつづけていたらしい。あれから千数百年、いまでは（太子のみこ）山城王の墓のありかさえ定かでないという。私は「王の墓」を尋ね出そうと決心した。（草のないときがよいだろう）

王の墓梅探り尋ねあてばやな

淡海《あふみ》の海《み》夕波千鳥汝が鳴けば心もしぬにいにしへ思ほゆ　人麿

雲映す緑の風や平城

ところでこの情緒に対し、日本には独得なものがある。連句がそれである。

一九三六年の秋、私と中谷宇吉郎さんとは伊豆《いず》の伊東にいた。二人とも少し疲れたからしばらく休養するためである。そのとき、中谷さんの先生の寺田《てらだ》（寅彦《とらひこ》）先生のおすすめにしたがって（といっても、先生はもうおられなかった。私たちは先生の随筆集『蒸発皿』で読んだのであるが）、連句をしてみようということになった。

準備がたいへんである。私たちは寺田連句論を知っているだけで、連句そのものは見たことがない。俳句も、私は一句もつくったことがないし、中谷さんも厳密にいえばそうなると思う。それから寺田理論によると、西洋音楽も少しは知っていなければならないことになっているが、これについても、私たちは申し合わせたように少しも知らない。こういう状態において連句をしようと思い立つのが、私たちの私たちたる所以《ゆえん》であって、やってみなければわからないと思い込んでいるのである。この点については私たちは全く同じ意見なのである。

連句は『芭蕉連句集』（小宮豊隆《こみやとよたか》、岩波文庫）に外篇十、内篇六十九、計七十九収められている。これについては後に少し説明する。俳句は私は大急ぎで内容のない形式だけのものを二、三十つくってみた。中身がないのだからもちろん俳句とはいえない。連句の形式はともかくまず、長短合わせて三十六句からなる歌仙形式のものにしようということになって、「試みに蕉風に倣《なら》う」という前書きだけはできたが、細かい規定は知らないから、小宮さんに問い合わせの手紙を出した。

西洋音楽がたいへんである。幸い、奥さんがご結婚のときにたいせつに持って来られたベートーベンのスプリング・ソナタがある。レコード五枚裏表である。ほかに何もないから、私たちはそれを繰り返し繰り返しかけて奥さんに説明を聞いた。そしてどうにか次の言葉の意味がわかった。「アダジオ（仇汐）、アンダンテ、アレグロ、ロンド、スケルツォ」

さて連句であるが、たぶん幸田露伴《こうだろはん》の『猿蓑《さるみの》』の注釈だったかと思うが、ちょうどあったからそれを聞いた。どうも十分には腑に落ちないが、ともかくそんなものかなあと思った。どう思ったのかは忘れてしまった。『芭蕉遺語集』（改造文庫）も見た。このほうはだいぶよくわかった。いまここにあるのは『去来抄・三冊子・旅寝論』（岩波文庫）である。だいたい同じと思うから、それから少しあげよう。

『去来抄』から

にっと朝日に迎ふよこ雲
青みたる松より花の咲こぼれ　　去来

ちょっと見ただけできれいだなあとわかる。感覚的情緒の調和である。

赤人の名は付れたり初霞　史邦
鳥も囀る合点なるべし　去来

芭蕉は「移り」といい「匂い」といいまことによくできたとほめたという。感覚、知情意のすべてにわたる情緒の調和であって、複雑な交渉が感じられるのももっともである。

くれ椽に銀土器を打砕き
身ほそき太刀の反る方を見よ

芭蕉は打てば響くが如しといったという。このつけ方を「響き」というのである。これは意志的情緒の調和である。

艸庵に暫く居ては打破り
命うれしき撰集の沙汰

このつけ方を「俤《おもかげ》」という。じかに西行等の名を出さなかったところをいうのである。意志的情緒と情的情緒との調和である。

『三冊子』から

人声の沖には何を呼やらん
鼠は舟をきしるあかつき　　芭蕉

芭蕉が許六《きょりく》（だったかと思う）にこれを語ったとき、許六が暁の字を大いにほめた。芭蕉は自分の苦心を認めてくれる人がいたことを非常によろこんで、こういったという。自分がこの句をいい出したとき、一座はただ茫然として「是非善悪の差別もなく、鮒の泥に酔たる如く」だった、と。これは意志的情緒と感覚的情緒との調和であって、しかも感覚をあらわすものが「暁」だけで、しかも前句に「沖に」と位置が示されているから、「其の重きこと磐石の如し」なのである。こう見ればこのことはほとんど自明であろう。

桐の木高く月さゆる也

門しめてだまつて寝たる面白さ

芭蕉は「すみ俵は門しめての一句に腹をすへたり」といっている。これは感覚的情緒を意志的情緒でどっしりと受けとめたのであって、その効果はもどって初めの句の上に働いて、桐の木高く、今度は本当に月がさえ渡っている。きれいな月ですね。

このように連句は情緒という視角から見ると実によくわかる。逆もいえる。『三冊子』

から連句以外のものも少しとっておこう。

春雨はをやみなく、いつまでもふりつづくやうにする、三月をいふ。二月末よりも用る也。正月、二月はじめを春の雨と也。五月を五月雨と云、時間なきやうに云もの也。六月夕立、七月にもかかるべし。九月露時雨也。十月時雨、其後を雪、みぞれなどい来る也。急雨は三四月、七八月の間に有こころへ也。

きれいな情緒の流れを見るようですね。そうお感じにはなりませんか。

夕さりの事、さりさりて夕の間を云。冬さり、秋さり、みな初の秋冬にはいひがたき詞也といへり。

夕まぐれといふ事、間は休め字也。暮てたそがれ迄の間をいふ。しばしの間、人の見ゆるか見へざるかの程をたそがれといふ。誰かれといふ義理也。むかしは人倫にする。いまはそのさたなし。

何だか夢の中の情緒の色どりのようなものを感じて、変になつかしい気持になるでしょう。

佗と云は、至極也。理に尽たる物也と云。

情意的情緒の一つの色どりですね。

繰り返していうが、連句は「情緒の調和」とみるとよくわかる。そしてその中核は実に道元禅師の「直趣《じきしゅ》」である。(サン＝テグジュペリの「ものそのもの、ことそのこと」という言葉はその方向のものである）もっとも、当時はまだはっきり自覚しているわけではなかった。
連句の一例を芭蕉一門の代表作といわれる『猿蓑』（『芭蕉連句集』、岩波文庫）にとる。

市中は物のにほひや夏の月　凡兆
　あつし〳〵と門〳〵の声　芭蕉
二番草取りも果さず穂に出て　去来
　灰うちたゝくうるめ一枚　兆
此筋は銀も見しらず不自由さよ　蕉
　ただどびやうしに長き脇指　来
草村に蛙こはがる夕まぐれ　兆
　蕗の芽とりに行燈ゆりけす　蕉
道心のおこりは花のつぼむ時　来
　能登の七尾の冬は住うき　兆
魚の骨しはぶる迄の老を見て　蕉
　待人入し小御門の鎰《かぎ》　来
立かゝり屛風を倒す女子共　兆

湯殿は竹の簀子侘しき　蕉
茴香の実を吹落す夕嵐　来
僧やゝさむく寺にかへるか　兆
さる引の猿と世を経る秋の月　蕉
年に一斗の地子はかる也　来
五六本生木つけたる潴《みつたまり》　兆
足袋ふみよごす黒ぼこの道　蕉
追たてゝ早き御馬の刀持　来
でつちが荷ふ水こぼしたり　兆
戸障子もむしろがこひの売屋敷　蕉
てんじやうまもりいつか色づく　来
こそ〳〵と草鞋を作る月夜さし　兆
蚤をふるひに起し初秋　蕉
そのまゝにころび落たる升落　来
ゆがみて蓋のあはぬ半櫃　兆
草庵に暫く居ては打やぶり　蕉

いのち嬉しき撰集のさた　　来
さま〴〵に品かはりたる恋をして　　兆
浮世の果は皆小町なり　　蕉
なに故ぞ粥すゝるにも涙ぐみ　　来
御留主となれば広き板敷　　兆
手のひらに虱這はする花のかげ　　蕉
かすみうごかぬ昼のねむたさ　　兆

この中からところどころ一対をとり出してよく見てみよう。

市中は物のにほひや夏の月
あつし〳〵と門〳〵の声

だいたい、意志的情緒である。庶民の生活が目に見えるような気がして、ちょっと久隅《くすみ》守景《もりかげ》の名画『夕顔だな』を思うでしょう。

草村に蛙こはがる夕まぐれ

蕗の芽とりに行燈ゆりけす

情意的情緒の調和である。かもすふんい気は非常になまめかしいものであって、若い日の芭蕉を思わしめるものがあるが、よく浄化されている。

僧やゝさむく寺にかへるか

さる引の猿と世を経る秋の月

芭蕉は洛北紫野大徳寺のふすま絵を思い出して詠《よ》んだのでしょうね。しかし月がきれいに澄んでいる。情意的情緒と感覚的情緒との調和である。

こそ〳〵と草鞋を作る月夜さし

蚤をふるひに起し初秋

これもまたきれいな月夜の情景ですね。月の美しい感覚によって一家の情意がよく結ばれている。一幅の名画である。

手のひらに虱這はする花のかげ
　かすみうごかぬ昼のねむたさ

ときわの春ののどかさでしょう。

これが古今の名作の一つ「市中」である。

こうして私たちは、どうにか準備ができたから始めた。中谷さんは去来をもじって、雷の研究をしていたから「虚雷」と自分でつけた。私は「海牛」とつけてもらった。私は丑年の生まれだからで、何でも海牛というのは海の動物で、別に害はないのだが、何だか薄気味が悪いから人はさわらないのだという。私は聞いていて「あまりよい名ではないな」と思ったが、うっかり口に出していうと、「では自分でつけなさい」といわれては困ったことになる。まあ無害ならばよかろうと思って黙認することにした。そして三十六句詠み上げて小宮さんに送った。奥さんは非常に巧くできたから作曲するといっていた。どこかに保存してあるはずだが捜し出せない。記憶をたぐってみると、十三句も忘れてしまっていて二十三句しか出てこない。あれからまだ三十年くらいしかならないのに、人の記憶というものは、といっても私だけかも知れないが、だめなものである。やはり印象でなければ役に立たない。それで始めと終わりとだけ書いておく。

秋晴れに並んで乾く鰺《あじ》と烏賊《いか》　虚雷
蓼《たで》も色づく溝のせゝらぎ　海牛
夜毎引く間取りをかしく秋更けて　牛
さて目覚むれば烟草値上がる　雷

私は構想を建直し建直しして数学の研究をして、とうとう疲れてしまったのであって、その努力感の記憶をそのまま三句目に型にとって一巻の趣向をきめた。中谷さんはそれをよく知っていて、この句は岡さんでなければ詠めない句だと口ではいいながら、四句目でこのように肩すかしをしてしまったのである。私はすっかりとまどってしまって、次の句が付けられなくて苦心惨憺した。いま、どうしてもこの五句目が思い出せないのである。こういうものである。これは努力感の記憶であって、純粋直感の印象ではないからである。

終わりをいうと、

青空を富士つき抜けて今朝の秋　雷
日数も夢の命うれしく　牛

大事そに手に受けてみる初霰　　牛
　綿入れ羽織縫ひ反す夜　　雷
そつと出て障子に蒼き冬の月　　雷
　湯殿はうつる影の黒猫　　牛
花片も八幡宮の常夜燈　　牛
　衣《きぬ》ひるがへし油さす人　　雷

私が帰ったあと、当時北大の数学教授だった吉田《よしだ》洋一《よういち》さんが伊東に来て、残っていた中谷さんと連句した。始まりはこうである。(吉田さんのペンネームは忘れてしまった)

行く春や旅には軽き衣かな　　虚雷
　日はうらうらと麦をふむ人　　洋一

吉田さんはこの付《つけ》をしているうちにすっかり感興が乗って、連句というものはおもしろいものだなあと思ったという。ところができ上がって小宮さんに送ると、「麦をふむ人」を「麦の黒土」と直してあった。これはまるで「紀元節」と高く澄んでいるのを「建国祭」と重苦しくされてしまうようなもので、少しもうらうらとしない。(なお、建国祭といえば歴史だろうが、紀元節といえば伝説である。歴史はときとして真偽不明でさえあるが、伝説は民族の血潮の中に脈々と伝わっているのである）

吉田さんは大不平で、「貴兄もさぞかしご同感と思うが」に始まる手紙を私によこした。それで私の不平も少し披露すると、「蓼も色づく」を叱られたが、「友情の感謝」は口には出しにくいものである。それにこの句を心なしというなら、「さて目覚むれば」のほうもそういわねば片手落ちというものであろう。それから三句目を『猿蓑』の「書きなぐる墨絵をかしく秋暮れて」に似ているというのだが、内容が全く違っていることはお気づきにならないとみえる。それにこれは三句目ではないのである。もっとも小宮さんもお忙しかったのであろう。しかし、おかげで奥さんは作曲しては下さらなかった。

寺田先生は歌仙形式以外にいろいろな形式を試みておられる。拾いあげてみよう。「三つ物、二枚折、二つ折、二枚屏風、TORSO、片々」まだ他にも形式があったように思うのだが。（寺田寅彦全集、第十二巻、岩波書店）

私はもっと簡単な形式の連句を一つ提案したいと思う。それは「廻し連句」とでもいうべきもので、かりに賛成者が全国に十一人（奇数）あるとすると、順序だけ決めておいて、一首ずつよみ添えて四回ほどまわすのである。何の制限もおかないのである。もちろん、上手下手なんか、かまわない。人数さえできればすぐにでも始めたいと思っている。

情緒がよくわかってくるとどういうよいことがあるのかという問いに対しては、いずれ順を追うて答えていくつもりである。始めにいったとおり、それらを詳しくお話したいから、まず「情緒」そのものを、説明することの難しさを押切って、正面からお話したのであった。もう情緒があるなどと思うのは気のせいにすぎないなどという人はないと思う。

情緒がよくわかるように教育するとどういう利益があるかを、一つだけここでいっておこう。情緒がよく見えるようになると、自分の今の心の色どりがすぐにわかるから、いやな心はすぐ除き捨てるようになる。これは実に「念の異を覚する大菩薩の戒」の守り方である。それが一般の人たちに容易に実践できるようになる。そうなるとどんなによいだろうとお思いになりませんか。

（『紫の火花』一九六四年）

独創とは何か

初秋である。今朝は雨がしとしとと降っている。私は数日前に数学の仕事を一つすませてのびのびとした気分になっている。きょうこそ、数か月来の問題と正面から取り組んでみようと思った。どういう問題かというと、独創とは何か、ということである。

1

一、いつも言うことであるが、時実(一)さんの『脳の話』によると、大脳側頭葉は記憶、判断をつかさどり、大脳前頭葉は感情、意欲、創造をつかさどるとある。この創造とは何かということである。このことだけから、いち早くこういう示唆をうけるであろう。創造とは記憶や側頭葉的(類型的)判断とは別のものであって、感情、意欲を離れてはないものである。

二、自然以外に心というものがある。これについても一度言ったのであるが、もう一度繰り返して言おうと思う。この繰り返すということを今日の編集者はきらう癖がある。読者の心を忖度《そんたく》してのことであろう。しかし「それならもう一度聞いたから」という聞き方ばかりすると、側頭葉的（羅列的）になってしまって、総合像は描けてゆかない。この総合像を描く画布が前頭葉なのである。まず、ここを詳しく説明しておこう。

前に小さな子供についてよく観察しておいた。それを思い出そう。子供は生まれて八か月もすれば順序数がわかる。にもかかわらず、それからさらに八か月もしなければ、自然数の「一」がわからない。これはなぜであろう。時実さんの本によって側頭葉の働きを少し詳しく見ると、知覚、認識等とある。順序数は知覚と認識とができればわかる。だから、順序数の本体は側頭葉でわかるのである。

しかし、自然数はそうはゆかないらしい。自然数の一の本体が初めてわかるころの子供のありさまを思い出してみると、一時に一事を厳密に実行する、いろいろな全身的な運動を繰り返し、繰り返し行なう。どうもこうすることによって、大脳前頭葉がだんだん形づくられてゆくもののように思われる。そういえば、この子は上機嫌なたちの子なのだが、それまで「ほたほた」笑っていたのが、この時期を境にして「にこにこ」笑うようになった。自分というものができてきたのである。自然数は大脳前頭葉によってでなければわからないのだと思う。前頭葉の働きの一つの創造というのは、その基本は、ここに総合像を描くということだと思う。

三、自然数の一について、もう少しお話しておこう。数学は一とは何かを全く知らないのである。ここは全然不問に付している。数学が取り扱うのは、次の問題から向こうである。どういう問題かというと、自然数と同じ性質を持ったものが存在すると仮定しても矛盾は起こらないかどうか。このように数学がわかるためには、自然数の一はわからなくてもよいのである。しかし人は、普通、一とは何かを無自覚裡《り》にではあるが知っているのであって、このことを無視しては、数学者を育てることはもちろん、普通に数学を教えることもできないだろう。側頭葉だけでやらせると、児童は計算だけはできても、自分が何をしたのかわからないのである。では、一とは何かを自覚する方法は決してないのかというと、宗教的方法を許容すればできるのである。

仏教の一宗に光明主義というのがある。この光明主義に笹本戒浄《かいじょう》という上人がいて、昭和にはいってから亡《な》くなった。この人がこう言っている。「自然数の一を知るためには、無生法忍《むしょうほうにん》を得なければならない」だから無生法忍を得ればわかるのである。無生法忍とは大自然(物心両面の自然)の理法を悟るという悟りの位である。これはたいへん高い位置であるから、この上人はそこに達していたのであるが、そういう人はめったにいない。

四、ついでに実存哲学を少し見ておこう。ハイデッガーはこういっている。(『形而上学とは何か』、理想社、三四、三五ページ)

「哲学は——常識の観点から見ると——ヘーゲルの言葉のように、逆になっている世界である。そこで我々の企ての特異性を、前以て明らかにしておくことが必要である。この特異性は、形而上学的問いの二種の特質から生じているのである。先ず形而上学的問いは常に形而上学の全体を包括する。形而上学的問いは、如何なる場合にも全体そのものである。次にあらゆる形而上学的問いは、問うものが——そのものとして——一緒にその問いの内にいる。即ちその問いの内におかれているというようにしてのみ、問われることができるのである」

正常に教育して大脳前頭葉が正常に発育すると、旧制高等学校のころから、前頭葉はこの二種類の働きを持つようになる。前者とよく似たものにものの意義がわかるという働きがある。これは全体における個の位置がわからなければわからない。たとえば、秋の日射しの情趣がわかるのは後者のためである。これを体取するというのである。(道元禅師)意義がわかるのは鏡に影が映るごとくわかるのである。仏教ではこれを大円鏡智といっている。後者は自分がそのものとなることによって、そのものがわかるのである。仏教では妙観察智というのである。前者も妙観察智である。いずれも無差別智（普通の人は自覚しない智力）の働きである。

いま、あなたは風景を写生していると想像して下さい。あなたは無自覚裡に、この二種類の智力を絶えず働かせ続けているでしょう。

それで大脳前頭葉という画布は、ここに総合像を描くこともできれば、情趣という絵具によって色もつけることもできるものらしい、とだんだん思うようになってきたでしょう。ここは一応、これぐらいにして心に帰りましょう。

五、その心と自然との関係ですが、人は普通、自然はあると思っていますね。これは自然がわかるからでしょう。このわかるというのは心の働きですね。そうすると心が先にあって、自然があとにあるのですね。だいたい、自然は（肉体も自然の一部ですが）本当にあるのでしょうか。それとも、あると思っているだけなのでしょうか。これは、宗教的方法でも許容しない限り、決して決定し得ない問題です。自然科学は決して自然の存在を主張し得ないこと、数学と数との関係と同じです。それに自然科学は数学を使っているでしょう。違っている点といえば、体系が矛盾を内包しないことの証明が、自然科学の場合は、数学の場合よりもはるかに不完全であるということだけです。

要するに、人は普通、自然はあると思っているのである。この思うというのは心の状態であって、この際は安定を意味する。

心には働き、状態以外に、いま一つ動きがある。ギリシャ人はこれを知、情、意と呼んだ。私たちはそれをそのまま使っている。一口に言えば三つとも心の働きである。

ところで、この心は普通非常に束縛されていて、自由には働いていない。ときとしてそれが自由に働く瞬間がある、というくらいにまで自由さを失ってしまっている。私は独創とは、自由な心の働きであると言いたいのである。

六、大脳前頭葉は大脳側頭葉に命令することができる。このときのみ大脳の総合的活動が起こるのである。前頭葉で命令するとは自由意志を働かせることである。(近ごろよく意思と書くが、そうすると願望という意味になるから、この際は間違いである)

人はややもすると前頭葉を使うのをきらって、側頭葉だけで間に合わせようとする。これは自由意志を働かせるのをきらうのである。(教育がそれを奨励すると、ますますそうなる。この癖をつけてしまうと、ちょっと直せない)

芸術小説と通俗小説とを読みくらべてみると、だれでもすぐわかると思うが、人は正視すべきところを正視するのがいやなのである。たとえば芭蕉はその弟子たちを戒めてこういっている。

「散る花鳴く鳥、見止め聞き止めざれば止ることなし」

止ることなしというのは、前頭葉の画布に影像として残らない、したがってその情趣がわかるということなく、したがって全く印象に残らないというのである。

この見ようとするところがなかなか見られないということは、平常自分の心を少しよく注意して見ている人なら必ず気づくことであって、人の自由意志などというものはだめなものだなあ、と思う。ところが本当は、この瞬間だけ自由とは何かわかっているのである。自由意志も応分には働いているのである。平素自由と思っているものは、癖でなければ放縦である。それを自由意志と誤認しているのだから、麻痺《まひ》であるというほかない。

これは意について言ったのであるが、知、情についてもそのとおりである。たとえば情について見るに人は、悪かった！　と思っている瞬間だけ、情が本当に澄んでいるのである。法然上人は「十悪の法然坊、愚痴の法然坊」と絶えず言っていたと聞いている。法然上人の情は常に非常によく澄んでいたのであろう。平生は情が濁っているのであるが、やはり麻痺してしまっていてわからないのである。

知についていえば、人は本当に何も知らないといってもよいくらいなのに、たいていのことはみな知っていると思ってしまっているであろう。これが知の麻痺である。視点を定めて一つのことを凝視していると、だんだん知らないことばかりになってくる。少し知が働いてきたのである。

仏教では知、情、意を総称して智という。智が働いていると思うその智を分別智という。分別智が働かなくなる境に真の智力が実はよく働いているのであって、これが無差別智である。真智ともいわれている。

一つのことを三十年もやっていると、このことがだんだんわかってくるのである。つまり、たとえば蠟燭《ろうそく》の炎のようなものであって、空気と接触する部分だけがよく燃えているのである。前に挙げた本を読んでみると、ハイデッガーもこれと同じことを思っているらしい。

知的独創は常に知と未知との境において起こるのである。これが容易に起こらないのは、知の麻痺が非常に深いからであると思う。

七、ここまでを一度まとめてみよう。

独創というのは自由な心の働きである。心は普通、習慣、欲情、本能等に束縛せられてしまっていて、めったに自由に働かないが、人には普通その自覚がないのである。自由な心の働きが無差別智である。独創は主としてその働きによってできるのである。独創の描かれる画布は大脳前頭葉である。

これが外部から見た独創の像である。だから、生理的には、独創に対して主役を演じるのは大脳前頭葉である。

しかし私は、これを内面的によくみたいのである。

八、その前に、内外の交渉する場所である大脳前頭葉の画布について、もう少し詳しくお話しておこう。

『こどものせかい』という小さな子たちのための絵本が月刊されている。これについては後に述べる。それを経営している武市さんが私に珍しい本をくれた。白と黒の世界という表題で、開けてみると絵の本である。一枚だけ例外があったが、あとは白と黒としか使っていない。

植物、動物、人物等が描いてあるのだが、みな実にたんねん、繊細であって、たとえば木の葉などは、椎の大木を下から仰いだときほど数が多いような気がする。ところで驚いたことに、これはすべて黒い紙を切り抜いて張ったのだという。途中で少しでも切りそこなうとだめになってしまうのだが、めったにそういうことはないのである。始まりは黒い紙に犬が見えたのだということである。これは全く驚くべき技術で、この絵の個展には九日間に三万五千人も集まった。主人公は青年で、実に気だてのよい子です、と武市さんは結んだ。これは、その青年の大脳前頭葉の画布に細かい絵が現われて、青年はそれを、黒い紙の上に投影して見ているのであるが、切り抜いている間決して消えないのである。

日本人は碁や将棋が上手である。このときずいぶんこの前頭葉の画布を使っているのである。たとえば大山(三)さんが将棋を指すとする。外に現われるのは指し手だけである。しかし一手の背後には多くの変化が読まれている。将棋を指し進むとともに、この変化の数は非常な数に上る。これがよって将棋の情勢を形成している。これは無形の総合像である。この総合像はもちろん、大山さんの前頭葉の画布に描かれるのであるが、これが大山さんがその将棋を指している間中決して消えず、絶えず成長し続けるのである。前の白と黒の世界の場合と違っている点は、前のは有形の像であって、今のは無形の像であることである。前頭葉にはこの二種類の働きがある。

よく感性と理性とに分けるが、違いの根本はここにあるのかもしれない。将棋の場合は、無形だから、こういうことができるのである。

升田(四)さんの将棋は天才型である。だからしばしば、胸のすくような攻めを見せて喜ばせてくれるが、ときどき天才にありがちなポカもやる。それもあと一手か二手で勝ちという寸前によくやる。升田さんの棋譜からそんなのを捜し出すことは容易だと思う。それを並べて見てほしい。桐の葉は秋にあうと、葉柄のつけ根のところにコルク層ができてポロリと落ちる。そんな気がするだろう。これが升田さんの前頭葉に、無形の総合像があるときとないときとの差である。もう勝ったと思って気を抜いた瞬間、その像が消えたのであるが、升田さんはそれに気づかないで、同じつもりで指したから、こういう結果が出たのである。

前に「すみれの言葉」(五)で述べた宗看や看寿の詰将棋も、この前頭葉の画布の働きによるものに違いない。私は詰将棋をつくってみたことがないからよくわからないが、このときは無形像、有形像の種類をともに使うのではなかろうか。

私の場合はどうであるかというと、私は前頭葉の画布にたいていは無形像を描いている。たとえばいま、エッセイを書いているが、これは無形の総合像を描こうとしているのである。少し長く話すときもそうである。数学を研究するときもそうである。数学のような抽象的なものを総合像に描きうるのは、無形でも像でありうるからである。

しかしまれではあるが、有形像の描かれる場合もなくはない。たとえば西洋の古典音楽を聞いていると、よくパッと花や鳥が浮かぶ。このときはじつに鮮明な色彩が施されている。ごくまれに匂いのすることもある。無意識にいるときにそうなることもある。道元禅師は「心身を挙《こ》して音を看取せよ」といっているが、意識してそうしようとしたのではそうはならないだろう。

私の研究室の人たちは、だんだんみな、内心を見詰めながら話すような話し方になっていくようである。数学で一番よけい使っているのは、前頭葉の画布に無形無色の総合像を描いていくという頭の働きなのであろう。

2

九、独創というものを内面的に見たいと思う。

私は独創とは何かを寺田（寅彦）先生（漱石先生の弟子、物理学者）に教えられた。こんなふうにである。（『触媒』の「科学と文学」の一節をそのまま写す）

「大学を卒業して大学院に入り、さうして自分の研究題目について所謂オリジナル・リサーチを始めて本当の科学生活に入りはじめた頃に、偶然な機会で又同時に文学的創作の初歩のやうなものを体験するやうな廻り合はせになった。其頃の自分の心持を今振返つて考へて見ると、実に充実した生命の喜びに浸つて居たような気がする。一方で家庭的には当時色々な不幸があつたりして、心を痛め労することも決して少くはなかつたに拘らず、少くとも自分の中にはさういふこととは係り合のない別の世界があつて、其の世界のみが自分の第一義的な世界であり、さうして生き甲斐のある唯一の世界であるやうに思はれたものらしい。其の世界では『作り出す』『生み出す』といふことだけが意義があり、それが唯一の生きて行く道であるように見えた。そして日々何かしら少しでも『作るか』『生む』かしない日は空費されたもの、やうに思はれたのである。勿論若い頃には免がれ難い卑近な名誉心や功名心も多分に随伴して居たことに疑ひはないが、其外に全く純粋な『創作の歓喜』が生理的には余り強くもない身体を緊張させて居たやうに思はれる。全く其頃の自分に取つては科学の研究は一つの創作の仕事であつたと同時に、どんなつまらぬ小品文や写生文でも、それを書く事は観察分析発見と云ふ点で科学とよく似た研究的思索の一つの道であるように思はれるのであつた」

補足することは何もないと思う。一口に言えば、独創の世界は、内面から見れば、心の悦びの世界なのである。

十、独創はいわば真空放電のようなものである。真空といっても、本当は空気が非常に稀薄というだけであるが、このいわば真空度を高くするのが実際は容易でないのである。芥川（龍之介）は、「戯作三昧」（岩波版全集、第一巻）にそのありさまを克明に描写している。滝沢馬琴の一日の心の動きを書いているのであって、実によく書けていると思うのだが、六十ページもあるから挙げられない。読んでいただきたい。馬琴は夜にはいって、やっと創作のできる心境に辿《たど》りつくが、創作のときのことは二ページしか書いてない。独創のために心境を用意することがどんなに手間のかかることか、私たちはよく知らなければいけないのである。

十一、創造されたものの効果について一度見ておこう。

武市さんは私に『こどものせかい』の九月号を示した。私は開けてみて驚いた。まあ、何というすばらしいできばえであろう。これは小さな秋の天使が、小さな秋のお話を集めて回ることを描いた絵本であるが、そこにはいろいろな花やいろいろな動物がある。みな描きたいとおりの色、形、大きさ、配列法で描かれている。何といえばよいか、いわば模様から類型を抜いたようなものである。実に描きたいとおりに描いてあって、それがみな不思議によいのである。筆者は若いお嬢さんで、こういう絵を描くのは初めてで、話を聞くと「描きたいわ」といって、しばらくの間に描いてしまったということであるが、これが自由な心の働きというものなのだろう。

サン゠テグジュペリの『星の王子さま』(岩波少年文庫)や宮沢賢治のいろいろな童話からも同じような印象を受ける。そこではものがみな本当に生きている。

美とはどういうものかをはっきり言いあらわした人は、古来一人もいないと思う。しかし、平生自分がどうして美を判定しているかを振り返ってみるくらいのことはできそうな気がする。美は絶対無規定の一面と、価値判断の動かしがたい一面と、この二面を同時に持っている。ところで上に述べた三つの例には、いずれもこの二面が備わっているように思われる。

美における独創についていったのだが、真の場合は美ほどわかりやすくはないが、帰するところは同じだと思う。

十二、私は心を詳しく見たいと思って情緒という言葉をつくった。(つくったというのは、在来のものとは内容を変えたという意味である)そしてそれについて詳しく説明した。(「情緒」参照)その情緒と創造との関係についてみよう。

私たちの日常茶飯事は少し目をとめて見ると、どれもみないかにも不思議である。一例を挙げよう。

私が見えていると想像して下さい。ほら、立ち上がったでしょう。全身には筋肉の数が四百以上もあります。いま、この瞬間に、それが統一的に働いたのでしょう。これだけでもすでに驚くべきことでしょう。しかしもっとよく見ましょう。問題はむしろ、これからあとにあります。初め私に立とうという気持が働いた。だから立ったのでしょう。その気持が、立ち方によく現われているでしょう。寸分違っていない。気持は情緒でしょう。だからいま私がしたことは、一つの情緒を形に表現したのです。

自然数の一について前に述べたことを思い出そう。一が初めてわかるようになるころ、幼児はさまざまな全身運動を繰り返している。

笹本上人は自然数の一とは何かを自覚するには、無生法忍を得なければならないと言った。すると、大自然の理法（理法といえば同時に力を意味する）とは「情緒を形に表現する」ということではないだろうか。

実際、町のふんい気の汚れが子女の初潮の促進となるし、家庭の空気が子供の頭の発育となる。

これはほかで一度言ったことであるが、非常に重要な点だから、もう一度言っておくことにする。道元禅師は「たとへば東君の春に遭ふが如し」といっている。春は無心の、たとえば童《わらべ》の心の中に、だから情緒として実在するのである。この情緒にさえめぐりあうことができれば、世の春をつかさどる神は、いつでも自然に春の季節を表現することができるというのである。だから、春の情緒が実在しなければ、春の神といえども、どうしようもないのである。

子供は生まれて十六か月もすれば、大自然の理法を自覚しないで使っている。大自然は情緒を自然という現象によって表現しているらしい。大自然の造化力といわれているものは、実はこの表現力であろう。

私たち、学問芸術の道を歩んでいるものはどうであろうか。例として私自身を見ると、私は数学の研究で、一番普通には、情緒を大脳前頭葉の画布に表現しようとして努力しているのである。情緒がよくわかるのは表現されてから後である。そして数学のむつかしさの一つはここにあると思うのだが、なかなか表現されないのである。

浄土宗に山崎弁栄《やまざきべんねい》という上人があった。明治の少し前に生まれ、大正にはいって亡くなった方であって、光明主義はこの人によって創《はじ》められたのである。その上人がこういっている。

「心的内容の次第に明瞭に現はるゝは注意にて」

注意とは、意を注ぐという意味である。ところで数学の場合は、容易に明瞭に現われてきてくれないことが多いのである。(大脳前頭葉というところは無明という本能の中心だから、平等性智はなかなか急には働いてこないらしい。たとえば、流れから上の田に水を注ごうとするようなもので、百姓は絶えず水車のようなものを踏むという意志的努力を続けなければならないように見える)

それについて一例を挙げよう。私は今年の三月ごろから微分方程式に関する一つの研究を始めた。そして六月ごろひと区切りがついた。その途中の話である。

前頭葉の画布に情緒が無形の総合像に描かれてゆくありさまは、朝霧のうしろの山の姿がだんだん現われてくるのに似ている。そこが少し現われ、かしこが少し現われ、そこかしこが少しずつ現われ、そこが少しはっきりし、かしこが少しはっきりし、そうしているうちにだんだん全山容が浮きだしてくるのである。

初めはうしろに山があるという手ごたえだけはあるのだが、見えているものは霧ばかりである。そういう時期がどれくらい続くかというと、普通は三日目にはたいてい姿が見え始めてくる。ところが今度は、何も見えてこない日が十日ぐらい続いた。これはたぶん、世間と交際を持ちすぎたために、「真空度」が下がっていたからだろう。そのかわり、情緒が画布に描かれてゆくまでの様子が少しわかった。だんだん呼出す力が強くなってゆくのである。しかし、情緒がいかにして無形の形を与えられるのかはついにわからなかった。

このいかにしてのところ、言いかえると機構のところは、所詮《しょせん》人にはわからず、真似られないのである。たとえばかぼちゃの種を見よう。人がかぼちゃの種のようなものを人工でつくったというためには、それを春さき土に蒔《ま》けば芽が出て、特異な伸び方をして、夏の終わりにはかぼちゃがなって、秋の初めには実って、その中には種がたくさんあって、その一つを蒔けばいまいったことを繰り返さなければならない。そんなものがつくれるだろうか。思いもよらないことである。

大自然がどういう原理によってこういうことをしているのか、想像することもできない。しかもそれだけではない。本当のかぼちゃは進化するのである。私たちはたいていのことは知らず、できないのだが、自覚しないで故意にそれに目を閉じているのである。

このように私たちは、情緒を形に表現するという大自然の力を借りることができる。肉体の運動によって現わすには意識的な練習を要しないし、芸術的作品や学術的論文によって表現することも練習すればできる。しかしその力は常に借りているのである。

十三、学問の場合、文献を普通に読んで知識として残していったのでは、上に説明したような現象は起こりようがない。大自然の理法を借りようとすれば、その前に文献をみな自分の情緒に変えてたくわえておかなければいけない。それについて少し説明しよう。

木が緑の葉を空に広げていると、日が当たれば同化作用が営まれて含水炭素ができる。こんなふうにいうと、私たちはすぐそれでみなわかったように思ってしまう。しかし不思議なのはその後なのである。松の含水炭素はどこへどう使われてもみな松になり、柳の場合はみな柳になる。

これと同じように、文献を深く読んでこれを体得するとき、そのときの大脳前頭葉の感情、意欲と同質の情緒ができてしまうような気がする。独創の持つ個性は、いち早くここでできるのだと思う。

大脳前頭葉は感情、意欲を抑圧することはできる。しかしその質を変えることはできない。ところで前頭葉の感情、意欲は普通かなり濁っている。大脳古皮質（皮質の中下の部分）からくる欲情や、脳幹部の一部からくる本能が不当に混ざるからである。これをそのままにして文化の同化を営み続けると、たとえば小さな松の稚木がそのまま成長して松の大木になるようなことになってしまう。それが子供の場合には、情緒の中心もこの営みにあずかるから、大脳がそんなふうに発育してしまうと思う。だから仏教では、「自浄其意」といって戒めているのである。

数学がむつかしい理由の一つは、知識を情緒化するのが容易でない点にあると思う。

十四、満十六、七歳のころ（早い人は満十五歳くらいでそうなるかもしれない。ただし私たちのころのことをいっているのである）を私はひそかに「真夏の夜の夢の季節」と呼んでいる。このころ心に蒔いた種は後に大きく成長して、その人の一生を支配することが多いように思われるからである。私はその季節に念入りに数学の種を蒔いてしまった。だから数学にたどりつくまでは、どうしてもその土地に住む気にはなれなかったのであろう。

この年ごろが一番顕著なのであるが、心に種を蒔けばそれが生えるという現象は、何もこのころだけに限られてはいない。強く印象が残れば、すなわち心に種が蒔かれたのである。この種がうまく発芽すると、だんだん成長する。そしてそれが草花の種だったとすると、やがて開花の時期がくる。これは情緒の中心が偏《かたよ》った調和になってしまうためではなかろうか。ともかく、この開花時においては、前頭葉は極めて特殊な状態になる。感情、意欲はもっぱらその方向にのみ働く。だから極めて強烈に働く。その情熱はだれの目にもつくのである。それから前頭葉の画布に描かれた絵は、平生は努力を怠るとまたしても消えるのであるが、このときは消えそうにも消えないのである。

この時期の感情、意欲の激しさについて思い違いをしている人がかなりいるらしい。たとえば、ある会社のある研究所長はこういった。「岡氏は動物性を抑止しなければいけないというが、自分は反対に動物性、特に残虐性はできるだけ伸ばすのがよいと思う」開花時の激しい情熱がかような情緒の濁りから出るものでないことは、宗教家の場合をみれば明らかであろう。前に言った弁栄上人が、自分の修行時のありさまをこう書いている。

「路を歩けども路あるを覚えず、路傍に人あれども人あるを知らず、三千世界心眼の前に唯仏あるのみ」

私も一度、台風下の鳴門《なると》の渦を乗り切ってみようと思って、大阪港から船に乗ったことがあった。こういうのは「開花時」だけに見られる現象なのである。濁った情緒（大脳古皮質や本能の中心の支配下にある心）には種を蒔くことができないし、よしときとしてできても生えないから、この開花時の現象は決して起こらない。そしてこれなくしては独創はあり得ないのである。

私は心に次々に種を蒔いて、次々に開花時に遭遇している。種を蒔くのは自ら進んで蒔くのであるが、開花時の活動は、そうさされてしまうのである。道元禅師はこう言っている。

「行仏の去就たる、果然として仏を行ぜしむるに、仏即ち行ぜしむ」

種を蒔いてから開花時までどれくらいかかるかということは、長短さまざまあって一概に言えないが、数年かかるものもずいぶんある。

十五、私は冒頭に、最近数学の仕事を一つすませたと言った。どういう問題を取り扱ったのかというと、私は私の数学研究所の一人の女性の所員に研究問題を出しておいたのである。私はよい問題だと思っていたが、近ごろふと、果たして私の予期したような結果が得られるかどうか不安になったので、ひそかに調べてみようと思ったのである。八月二十二日に始めて、九月二日に書き上げている。十二日間である。これをうまく言葉で説明することができれば、数学における独創とはどういうものかを、やや彷彿《ほうふつ》してもらえるわけである。

そう思って、私はたびたび言ったように、幸い書いたものをみな日付を入れて残しているから、それを繰り返し繰り返しながめたのだが、こんなものを見てわかるのは、それを体験した私だけだろう。「独創」はここまで追いつめても姿を見せないのである。

雨にたとえると、雨という現象は、最初の雨滴ができるまでと、それ以後と、二つに分けることができる。そしてその雨滴のできてゆくありさまは描写のしようがない。しかしそれだからよいのである。道元禅師はこう言っている。

「心不可得は諸仏なり、みづから阿耨多羅三藐三菩提《あのくたらさんみやくさんぼだい》と保任しきたれり」

十六、最近に発表した論文についてお話しよう。(発表はいつものようにフランス文でしたのである)この論文の端緒になるような仕事をしたのは、いまから三十年以上前である。一九三〇年の秋、私はサン・ジェルマン・アンレーというパリの郊外にいた。そこには広い森があった。私はくる日もくる日も、その森を散歩しながら考えた。終わりごろは相当寒かった。そしてついに一つの発見をしたのである。

この結果は一九三四年になって、やっと日本で梗概だけは発表したが、そのままにしておいた。私は発見まではひどく熱心にやるが、その後はあまり気乗りがしないから、たいていはこういうことになるのである。

一九四一年の冬、私は札幌にいた。大戦はもう始まっていた。そして私は日本は滅びるに決まっていると覚悟していた。当時の私の心持は次の無名女流歌人の歌がよくあらわしている。

「窓の火に映りて淡く降る雪を思ひとだへてわれは見て居り」

しかし、下宿のストーブの火は勢いよく炎を立てて燃えていた。人はそういう音を聞いていると、不思議に考えてみたくなるものである。そういうふんい気の中で、私は前に述べた結果の向こうに、非常に心をひかれる問題のあることがわかった。それについていろいろと考えてはみたのであるが、このときは問題の発見以上に進展しなかった。

最近になって私はこう思った。自分はかなり長い間、冬の季節のような問題ばかりを取り扱ってきた。このへんで春の季節の問題に切換えることにしたい。（このことはXの序言でも述べた）そうすると、最初に思い出されたのが上に言った問題である。今度は腰をすえてそれをよく調べたが、結果は期待したとおりであった。この問題を取り扱っている間は本当におもしろかった。人の情緒というものはそういうものなのであろう。

この仕事の初めの部分の前に私は仕事を一つしている。これが数学で私のした初めての仕事なのだが、タイプライターに打ったのを紫のリボンで閉じたまま保存してある。フランスで発表するばかりになったとき、急にまだ意に満たない点が残っているような気がして、そのまま持って今日まで捨ててあったのである。函数の特別な性質を調べる質の問題を取り扱っているのであるが、私は近ごろ、この問題の周辺を、次元を上げてよく探索してみたい気持になっている。人の心の根はどこまで深いかわからない。

十七、私は何度も言ったように、「多変数解析函数について」という通しの表題の下に論文を書き続けている。いまお話したのは第十論文である。第一論文の内容が発見されたときのありさまは『春宵十話』で述べた。しかしあまり手短に言ったため、外から見た形式しかわからない。これを情緒の側から見るとどう見えるだろう。克明に見ていってみよう。

私が多変数解析函数の分野を研究の対象にしようと決めたのは一九三〇年であった。在仏中のことである。なぜこの場所を選んだかは「すみれの言葉」で説明したから繰り返さない。ともかく困難の姿はすでに明瞭に描き出されていた。問題は一にそれをいかにして克服するかにある。

私は一九三二年に帰国して広島の大学に奉職した。問題を決めてから四年間、それについていろいろに考えてみたのだが、どうしても、どう手を着けていってよいかわからない。学校における私の評判はだんだん悪くなっていった。私が少しも研究を発表しないし、講義も少しもまじめにやらないからである。学生に一度ストライキされたことさえある。しかし、私はどうにも力を分散させる気にはなれなかったのである。

私の親友の、中谷治宇二郎君という私より一つ年下の考古学者が、九州の由布院という高原に脊髄カリエスを養っていた。私は夏休みごとに尋ねていって話合った。だいたい、学問に対する抱負を話合ったので、休み中終日話合ったのだが、いま思うとよくそんなに話すことがあったものと思って不思議なのだが、何を話したのかは全く思い出せない。私はそんな夏を三度送った。そしてそれだけが、そのころの私の慰めであった。

一九三四年の暮れに多変数解析函数論に関する小冊子（著者はベンケ、トゥルレン）が私の手にはいった。私はいやいや書きかけていた論文をやめて、一九三五年の一月二日からその小冊子に挙げられた文献によって、まず問題の困難の姿を精密に知る仕事を始めた。学校の部屋で勉強したのであるが、一人の同僚はそのころの私を批評して「君の学校に行く足どりは近ごろ急に軽くなった」といった。二か月ほどしてこの仕事は終わった。困難の姿はいまや詳細にわかった。そしていっそうはっきりしたことは、それに対する第一着手が全くないことである。私はどんな小さな手がかりでもよいから発見したいと思って、くらがりで物を探り当てるような探索を始めた。私の連想力、想像力、構想力を総動員していろいろ「実験」した。実験とは、数学的自然がもしそうなっているなら、この特別の場合はこうでなければならないはずである、と思索の中で追いつめておいて、その特別の場合を具体的に調べてみることである。

これを始めたころは楽しかった。日曜日など、きょう一日はすっかり自分の時間だと思って、学校の部屋の電気ストーブにスイッチを入れると、石綿が赤くなるとともにチンチンと音がする。「実験」はこれまで一度もうまくいったことはないが、それは少しも、きょうもうまくゆかないという証拠にならない。そう思っておもむろに新しい構想を立てる。立てても立てても決して成功しないのだが、飽きずにそれを繰り返す。そんなことが三月ほど続いた。そうすると、構想の立て方が全くなくなってしまったのである。

情意だけはやはりよく働いているのだが、知的には全くすることがない。私は仕方がないから転宅でもしようと思った。それまで学校の近くの、ごたごたした町の中に住んでいたのだが、町を北に出はなれたところに、やはり市内にはなっているが、牛田というところがある。ここは海からだいぶ遠く、西は大田川で境せられ、他の三方は松山で囲まれた一区画である。だいたい、田であって家は山ぞいにしか建っていない。その真東の一番高くなったところに一軒、家があいていた。それでさっそくそこへ移った。ここは実に眺めがよく牛田全体が一目に見渡せる。それに実に静かである。

私はここならばやれると思った。私はここから学校の部屋へ通い続けた。だから何かしていたのだろうが、いったい何をしていたのだろう。どうしても思い出せない。

中谷治宇二郎さんの兄さんに中谷宇吉郎さんという人がいる。やはり友人であって私より一つ年上である。この人のこともこれまでたびたび書いたが、札幌の大学で物理の先生をしている。「これまでいつも由布院へ行ったのだから、この夏は一度、北海道へいらっしゃいませんか」と言って下さった。私は、この夏は涼しくて数学の図書室のあるところへ行きたいと思っていたところだから、すぐに承知した。図書室は今は全く使いようがないのだが、いつ要《い》るようになるかわからないから、手近にないと心細いのである。

私は研究がうまくゆかないときの癖で、ぐずぐずしていて七月下旬に広島を発った。私と妻と長女のすがねと甥の駿一との四人である。すがねは七月生まれで数えで四つ、駿一は中学二年生であった。汽車の中で駿一は「すがね、お唱歌を教えてあげましょう」と言って、はやり歌を教えた。すがねは座席の上に立ち上がって、「すがね、こんなにおぽんぽんすいちゃった」といって腹を出して見せた。北海道へ渡ると、木の色がまるで違っていた。五月ごろの若葉のような色である。

中谷さんは札幌の北西のところに広い庭のある家を借りていた。その家のうしろにちょうど下宿があったから、私たちはそこを借りた。下宿の前には、何という名か、桃色の草花が一面に咲いていて、空の色が映って実に美しかった。私たちは夜は中谷さんのお宅でご馳走になった。

朝になると、私は中谷さんと一緒に学校へ行く。駿一は下宿で漢文か何かを勉強する。妻はすがねを連れて中谷さんのお宅へ遊びに行く。中谷さんには三人お子たちがあった。咲子ちゃんが数えで五つ、芙二子ちゃんが数えで四つ、敬宇ちゃんはまだ奥さんに抱かれていた。芙二子ちゃんは自分のことを「オー」と言っていた。おはじきをかき集めて「これオーのだ、これもオーのだ、みんなオーのだ、お豆ちゃん、欲しいって言わない」と言った。「お豆ちゃん」というのは、すがねのことである。

理学部は緑の木立の中にあった。私は講師の阿部良夫さん（岩波文庫、『ニュートンの光学』の訳者）の部屋を貸してもらった。この部屋はもと理学部の応接室だったので、ソファーもあればたくさんの安楽椅子もある。私は何かやろうとして始めるのだが、何しろ全くすることがないのだから、十分もたてばねむくなってソファーで眠ってしまう。中谷さんは雪をつくろうとして実験しているのだろう。

夜は夕食のあと、中谷さんと駿一とが一番だけ将棋を指す。平手である。私は見ていてあとで並べ直して講評する。それを棋譜に取る。駿一はそれが楽しみで昼、勉強しているのである。

日曜日には理学部の自動車でほうぼう案内してもらった。定山渓《じょうざんけい》という温泉で私は運転手と将棋を指した。中谷さんはそれを見ていて「岡さんの将棋をみていると、まるで駒が植物のように成長するんだね」と言った。

楽しみにしていた日米対抗水上競技の日がきた。私たちは学校を休んでラジオの放送を聞いた。駿一は用意しておいた名を書いた紙きれを廊下に整列させて、放送に合わせて動かした。それが過ぎると八月も終わりに近づいた。私は学校で眠ってばかりいるというので「嗜眠性脳炎《しみんせい》」というあだなを頂戴した。それが理学部中にひろまった。中谷さんは心配して「岡さん、札幌は失敗だったね」と言った。

阿部さんが一夕、中谷さん宅を訪れて、私に「ギリシャの初代の神々は虚無からサーッとおどり出たので、混沌から生まれたのではない」という話をした。

こんなふうに情意ばかりの働いた日が三月ほど続いたのであって、終わりごろは眠ってばかりいたのである。そうした九月初めのある朝のことであった。私たちはその日は中谷さんのお宅で朝食をしたのだが、私はその日、何だかよく考えてみたい気がしたから、学校へ行かないで一人応接室に残っていた。そうすると頭が自然に一つの方向に動いて、それがだんだんはっきりしてきて、どこからどう手を着けてゆけばよいかが明瞭にわかってしまった。時間はよくわからないが、一番初めから数えて二時間あまりだっただろうか。発見に特有の鋭い悦びは、その日一日中続いた。

私は広島へ帰ってそのあとをずっと調べた。そうすると、第六論文のところに第二の問題のあることがわかった。それでそれについていろいろ捜してみたのだが、解決法はすぐには見出せなかった。後に私を鳴門の渦を乗り切ってみたい気持にさせたのは、この問題である。発見を論文に書いたのは翌年であって、蛙がやかましく鳴いていたから五、六月ごろであろう。

十八、情緒を形に表現することは大自然がしてくれるのであるから、大自然に任《まか》せておいて、人は自分の分をつとめるべきである。情緒を清く、豊かに、深くしてゆくのが人の本分であろう。これが人類の向上ではなかろうか。

(『紫の火花』一九六四年)

こころ

自然以外にこころというものがある。たいていの人はそう思っている。そのこころはどこにあるかというと、たいていの人は、自分とは自分の肉体とその内にあるこころとであると思っているらしい。口に出してそういったことを聞いたことはない。しかし無意識のうちにそう思っているとしか思えない。そうすると肉体は自然の一部だから、人は普通こころは自然の中にある、それもばらばらに閉じこめられてある、と思っているわけである。

しかし少数ではあるが、こう思っている人たちもある。自然はこころの中にある、それもこんなふうにである、——こころの中に自然があること、なお大海に一漚《いっおう》の浮かぶがごとし。

このように、自然の中にこころがあるという仮定と、こころの中に自然があるという仮定と二つあるわけであるが、これはいちおう、どちらと思っていてもよいであろう。しかし人は、自分の本体は自分のこころだと思っているのが普通であるから、どちらの仮定をとるかによって、そのあとはずいぶん変わってくる。

私は十五年前は初めの仮定を採用していた。しかし今はあとの仮定を採用している。こころの中に自然があるのだとしか思えないのである。

自然のことはよくわかっているが、こころのことはよくわからない。むかしの人はどうだったか知らないが、今の人はたいていそう思っている。しかし、本当に自然のことはよくわかっているだろうか。たとえば自然は本当にあるのであろうか。あると思っているだけなのであろうか。

現在の自然科学の体系は決して自然の存在を主張し得ない。それを簡単にみるには数学をみればよい。数学は自然数の「一」とは何であるかを知らない。ここは数学は不問に付している。数学が取り扱うのはその次の問題からである。すなわち、自然数のような性質を持ったものがあると仮定しても矛盾は起こらないであろうか。

このへんでまとめることにしようと思う。これまで書いたところを一口にいえばこうである。人は普通、何もわかっていないのに、みなよくわかっていると思っている。しかしこの最後の一句の意味がわかるのはなぜであろう。私はもちろん、読む人にもわかると思うから書いているのである。これは「わかる」とか「思う」とかがわかるのである。これらはみなこころの働きである。人という言葉も使っているが、そういう働きをするところがすなわち人なのである。デカルトは「自分は考える。故に、自分というものはあるのだ」といっている。そうするとやはりこころが先であって、こころの中に自然があるのである。実際はそうしていながら、その反対を仮定しているのである。これを押しとおすと全体が仮定になってしまうだろう。

いくら書き続けても、結局「自分は何もわからない」ということを書くだけである。では、その自分とは何であろう。これまで書いてきたこころの働きの中で、全体をしめくくっている字を捜し出してみよう。これはわけなくできる。「思う」というのがそれである。こころのこの働きを、ギリシャ人にしたがって分類すれば「情」である。人の主体は情らしい。私はそう思ったから、この情を精密に見ようとして「情緒」という言葉をつくったのである。この言葉は前からあるが、内容はそれとはだいぶ違う。そしてこの情緒をもとにして全体を見直そうとしているのである。そのためまず、情緒について詳しく説明した。

（「情緒」参照）

私にはすべては「そうであるか、そうでないか」の問題ではなく「それでこころが安定してこころの喜びも感じられるかどうか」の問題なのだと思う。宗教的方法を許容しないかぎり、それより仕方がないのではなかろうか。

（『紫の火花』一九六四年）

ロケットと女性美と古都

1

今の日本を西洋の文化でみると、西洋の文化にはまずギリシャ時代がある。これがどれほど続いたか知らないが、だいたい昼の時代である。それからローマ時代にはいって夜の時代になる。これがだいたい二、〇〇〇年ほど続いた。そして文芸復興が起こってふたたび昼の時代がくる。それから今日までだいたい四〇〇年ぐらいじゃないか。これを縮尺して二十四時間にたとえると、二十時間が夜、四時間が昼ということになる。

そのローマ時代だが、ローマ時代の特徴は、一口にいうと真善美それ自体がわからなくなってきた時代である。ギリシャ時代は真善美がわかっていた。理想を大事にし、知性の実践をやってきた。知性の自主性のあるのはギリシャだけである。それに反してローマ時代に尊ばれ、重くみられたものは軍事と政治である。すべての道はローマに通ずるといわれているが、大きな競技場などもあり、多分に豪華なものが喜ばれた。法律にしても、今日の法律学というものはローマ法典から出ている。ローマ時代というのはそういう時代だったらしい。

そのローマ時代を彷彿《ほうふつ》しようと思えば、今日の世相を見ればよい。ただ、ローマ時代には見られなくて今日にだけ見られるものが、一つある。それは科学と呼ばれるもののまことに目まぐるしい発展、理論物理から原爆へ、原爆から宇宙ロケットへと続く一連の行進その他である。

この理論物理の最近の発展は、アインシュタインとドウブロウィー(六)が相ついでノーベル賞をもらったころからだと思うが、だいたい一九二〇年ごろである。それが発展して広島へ原子爆弾が落とされたのが一九四五年、その間わずかに二十五年ぐらいしかたっていない。これに似た現象はあちらこちらで、たとえば医学や農学の分野にも見られるが、これはローマ時代には見られなかった現象である。

近ごろ、宇宙時代といわれて、つまり月へロケットを打込むことができるようになったが、これは広島へ原子爆弾が落とされたその行列の延長にすぎない。月へロケットを打ち込むためには、数学の協力がぜひ必要だが、もはや数学者では役に立たず、機械がそれを受持ってやっている。この敏速な計算なくしては、月へロケットを打込むことはできない。

そこで、この月へロケットを打ち込むということの意味を数学の面から考えてみると、これはもはや人の手をはなれているが、ひっきょう人の働き、頭の働きの中である。本質は人の頭の機械的な働きを複雑にし、早くするという方向へ伸ばしたものである。だからこの場合、機械が現在やっていること、将来機械にやらせそうなことは教えなくともよいのである。それを抜いて、ほかの部分を教えたらよいのである。ところが、いま文部省がやっているのは、この機械のやることを人ができるだけやるように教えているのだ。月へロケットを打ち込む数学というのは、ソ連のそれを理想として教育しようとしているのだ。月へものによっては、こういうことも功利的な意味はあるだろう。しかし、月へロケットを打ち込んでも、人類の文化の水準が上がるとは考えられない。

実際、こんなものに軍事的以外に何の意味があるのかわからない。善意に解釈すれば、自覚して計画したものではなく、ただめくらめっぽうにやっているだけである。意味も何もわからずに、ただ機械的に敏速にやったらああなるのではないか。そしていま、それをもてあましているのだ。(そのため、かえって本当の戦争を始めないのかもしれないが)ともかくそれは、ローマ時代には見られなかったものだが、ローマ時代的現象には違いない。

2

これに反して、いまひとが非常に軽く見ているものに奈良とか、京都とかの本当のよさというものがある。それについて思いつくのは女性の顔である。

女性の顔の美しさの標準は、昔から目まぐるしく変わっている。奈良時代にはまるい顔が美人だった。それが、平安朝へはいって長い顔が美人になった。鎌倉時代へはいると、またまるい顔が美人になり、江戸時代になると再び長い顔が美人になる。まるで、月がまるくなったり三日月になったりするみたいである。明治時代にはいってからはギリシャの彫刻、たとえばビーナスの像のようなのが、女性の美の標準になる。これは私の友人の中谷治宇二郎のいったことだが、全くそのとおりである。時代によって美の標準が変わるとともに、女性の美もそれにしたがって変わっていったに違いないと思う。

近ごろ、十代二十代の女性の顔を見てみると本当に変わってしまっている。これはもともと私の主観だから、ほかの人にもちょいちょい聞いてみるが、だいたい変わったといっている。だから客観的事実だと思うが、もしそうなら、こういう働きをするところが人のどこかにあるに違いない。情緒の中心がそれだと私は思うのだ。そしてこんな短期間に、こんなに思い切って変えてしまうその力というものは、どんなに恐ろしいものかと思うのだ。

男性がこんな顔が美しいと思うと、女性はそんな顔になりたいと思う。するとそんな顔になるのである。それが不思議なのだ。学生なんかに割合よろこばれた顔はハリウッド、近いところでは宝塚の顔で、ことに関西の学生の美の標準だった。つまりヅカ式の顔である。そのヅカ式の顔がだんだん変わって、今は宝塚の何とか出演というのがテレビであっても、昔の美の標準は全然ない。

このごろの美の標準は、若い人に聞いてみないとわからないが、だいたいテレビの紅白歌合戦なんかにでてくる女歌手の顔、あれがそうだと思う。たとえば口が大きい。これは必要条件である。そこまでならまあ認めるが、諸要素が雑居しているのだ。しかもこの諸要素というのがまた非常な動物性と、その間に、なまじっかなければいいのに殊勝気な人間性が混じっていて、全然統一がとれていないのである。これはつまり、情緒の中心がこわれているからだとしか思えない。

私はこの情緒の中心が人というものの表玄関だと思うのである。普通西洋でそう考えられ、日本もそれをそのまま受け入れてそう思っているように、大脳前頭葉が人間の表玄関だと思うのは間違いである。そんなものは裏木戸にすぎない。ウソだと思うものは、もう一度幼児の生いたちを見直すがよい。でなかったら、あんな短期間に、あれだけ多くのものを学びとることはできないはずである。

日本の本当のよさ、たとえば古都の日射しといったものが失われることは非常に恐ろしい。つまり、情緒の中心をそれに調和させることができなくなるからである。それとは逆に、悪いもの――たとえば進駐軍が日本へ来たとき、日本を骨抜きにするつもりで三つのSをひろめようとしたとかいう巷説《こうせつ》があるが、そのうちの一つのシネマとか、悪質の刊行物とかが空気をにごすと、人の、ことに若い人たちの情緒の中心が調和を失い、肉体もそれに順応して成長することになる。教育がまことにたいせつだということは、このことからもいえるのであって、アッという間にすべては悪化してしまう。

情緒というものは確かに実在する。しかしロケットを月に打ち込む、つまり人の頭の機械的な働きが功利的に利益をもたらすということは、実在するかどうかあやしい。利益は一応もたらしても、だからいいとはいいきれない。ベドイッング（意味）も何も考えるいとまがなかったから、原子爆弾を落としたりしてしまったに違いないのである。人類に対する利益だといっても、中身のことを考えずに、缶詰ばかりつくっているようなものだと思う。とにかく、情緒の中心が調和を失うことがどんなに恐ろしいかということは実在する。

3

日本のよさが失われるということがどんなに恐ろしいことか。歴史的情操というもの、なつかしむ同じ昔を持っているということがどんなにありがたいことか。土井晩翠《どいばんすい》が「人生旧を傷《いた》みては千古替らぬ情の歌、破壁声無き傍にまた落日の影を帯び、流るる光積り行く三千の昔忍ぶ時……」

と歌っているが、それがあるからこそ、何となく人が集まるのである。いつか奈良の博物館で「白鳳・天平展」があったが、そこにはいると一、〇〇〇年前のふんい気に浸ることができる。そこでは、そこに置かれているものがいいとか、悪いとか、そんな批評をしようという気は全然起こらない。そんなものをはるかに超越した何かがある。ただもう見ている。わずか一、〇〇〇年だが、いかに一、〇〇〇年というものが長いかがわかる。そして、そういうふんい気に浸るということを教えるのが、歴史というものの役目である。

古都の秋の日射しのわからないものに、真善美といってみてもチンプンカンプンである。真とは嘘でない、間違っていないということではなく、善とはよいということではなく、美とは美しいということでは決してない。人が追い求めてやまないもの、知らないはずだのに知っているような気のするもの、なつかしい気のするもの、である。それがわからねば、いにしえの斑鳩《いかるが》の里に来て、秋の日射しでも見ることだ。

京都は無条件にほめる気はしない。何か水っぽいという感じで、あまり好きになれない。これに反し奈良は全く世の栄枯盛衰をよそに生きている。少し前の奈良の築地《ついじ》のこわれたど、本当にいいものがあった。奥田知事は三笠温泉もあったほうが青い灯、赤い灯があって美しいなどといっているが、全然美がわかっていないのである。そんなものに文化がわかるはずがない。

人がそういうものを持つということ、それ自体たいへん不思議なことである。芥川は俳句で「調べ」ということを強調して、芭蕉の俳句を愛する人の耳に穴をあけたい、たいていの人は調べがわからない、という意味のことをいっている。調べは歌にも俳句にもあるが、これこそ美が実在するということの証拠であって、私はその人の心の窓がたまたま開いたときに聞かねばわからないものだと思う。

私の経験をいうと、人麿の「淡海《あふみ》の海夕波千鳥汝《な》が鳴けば心もしぬにいにしへ思ほゆ」という歌だが、息子が試験勉強でいっているのを聞いて、いい歌だなあと思った。しかし翌日になっても気のせいどころではない。ときがたつにしたがって、その調べが心の底で鳴りまさるのだ。卒業生にたのまれると、そればかり書いていたが、半年ぐらい続いた。

美というものはかほどまでに実在するのである。だから芭蕉一門が、ああいう生き方をしても何も不思議はない。ハーモニーまでは普通のわかり方でもわかるが、メロディーということになると、心の底である。あれは鳴りまさる。

鏡の中の自分を見つめていると、見ているうちに、フッと鏡の中へはいって向こうへ越えたというおとぎ話がある。つまり童心の世界である。（「童心の世界」参照(七)）そのように、この童心の世界にはいりこむことによってだんだんわかってゆくのが、調べというものではないか。美はそこにある。だから一口にいうと、普通真善美と思っているもののきわまるところに始まるのが、本当の真善美である。

たとえば真については芭蕉の「至極也。理に尽たる物也」という言葉が当てはまる。ことわりの極まるところに真が始まるのである。それを体験しようと思えば、歌や俳句の中にある。人麿の歌や芭蕉の俳句をいくら高く評価しても評価しすぎることはない。奈良や京都のよさについても、同じことがいえると思う。

（『紫の火花』一九六四年）

春の日、冬の日

自分を科学する

私は去年の八月に胃潰瘍《いかいよう》だといわれた。その後注射と服薬で治療してもらって、去年じゅうに傷は直ったのだが、その間ずっと医師の注意に従って頭を使わないようにしていた。そうすると私にはもの珍しいことがいろいろ起こった。

私は自分を材料にして、実験や観察をするのが非常に好きらしい。だから私は自分を天性の科学者だと思っているのである。

その観察についてこういうことがあった。数学の研究についての話である。数学の研究というと自分にはわからないと思う人が多いかもしれないが、これは既知のものの研究と思うからである。研究といえばすべてそうであるが、未知のものを調べるのであって、形のまったくないところにだんだん形が現われるようにしていくのである。だからこれはなにもほかのものと違ったものではなく、学問・芸術の各分野における「生み出す、つくり出す」という働きはすべてこの形式なのである。単にこういった特殊な世界においてだけではなく、広く実生活においても、その人が本当に生きているのであれば、その人は心を行為によって表現していっているのであって、そう見ればやはりこの形式から出ないのではないかと思う。

その数学の研究は、やり始めると続けてやらなければならないのである。それを世間との交渉が忙しくなったために三月《みつき》ほどだったかと思うが、やめたことがある。そんなことをすればあとはずいぶん続けにくいに決まっている。しかし私はそれを困ったこととは思わないで、数学の研究における、雨にたとえていえば、最初の雨滴《うてき》のできるありさまがわかるかもしれないと思って、非常な興味を持って自分を見守っていたのである。

その結果どういうことがわかったかということは、一度いったのであるが、お聞きにならなかった人のほうが多いと思うし、非常にいっておきたいことでもあるから、簡単に繰り返そう。

困難の本質は何であるかといえば、関心が持ちにくいのである。

私はこの観察の結果に基づいて、関心というものを、その持ちにくさの程度に従って次のように三種類に分類した。一、社会的関心、二、自然的関心、三、超自然的関心。

社会的関心というのは自他の別のある世界の対象に関心を持つことである。これは非常に持ちやすいのである。持たないようにしようと思っても、またしても持ってしまうのである。たとえば電車の座席に関する関心がそれである。

自然的関心というのは、自然界・理性界・知識界など、ものの形のある世界の対象に関心を持つことである。

超自然的関心とは、右にいったような広い意味の自然界を出離れたところにある対象に関心を持つことである。そのものにはまだ決まった形がなく、その周辺にはまだいうほどの秩序ができていないから、心をその一点に凝集し続けることは非常に困難なのである。孔明は「時務を知るを英傑とす」といっているが、未来に正しく直面するためには是非この種の関心を持たなければならない。

いかに困難であっても、こうしなければ数学の研究にはならないから、私は、十日ほどかかったと思うが、社会的関心しか持てない状態から、自他の別を超《こ》え、時空の框《かまち》を離れて、超自然的関心の持てる位置まで自分を持っていったのであって、いわば二つの峠を越えたのであるが、そのたびにだんだんひろびろとした所に出たような気がして、しだいにすがすがしい気持になっていったのである。そうなると研究が実に楽しくなって、心のなかに春風が吹き始めたように思えてくるのである。

関心の持ちにくさを一口にいえば広い世界のものには関心が持ちにくく、狭い世界のものには関心が持ちやすいのである。心を広くしなければ広い世界のものに関心が持てないらしいのであるが、それがむずかしいからである。だから関心の持ちにくさの度合いによって、その対象の属する世界の広狭が測《はか》れるわけである。そうすると超自然界が一番広く、社会が一番狭いということになる。これは精密な観察の結果である。

それだと社会から離れられない職業の人々、たとえば政治家・実業家・法律家・新聞記者などはときどき座禅でもしないと、かつての軍部のように井の中の蛙《かわず》になってしまって、大きなあやまちを犯《おか》すかもしれない。社会通念などが知性の目をおおうからである。

頭の冬眠状態

さて、私は五か月ほど頭をまったく使わなかった。そうすると頭はまったく働かなくなってしまった。私にとっては観察の絶好機である。それで私はことしにはいってから、そういう状態の自分を観察することを始めたのである。

まず、こういう頭の働かなさを何と呼んだらよいであろうか。その結果つけた名前が「頭の冬眠状態」というのである。私にはよくわかっているこういう頭の状態をそう呼ぶのである。

私はさっそく周囲を見回して「頭の冬眠状態」を物色し始めた。

芭蕉連句集に「水汲み換えて捨てる宵の茶」という句があるが、手足だけがいたずらに伸びて、顔は何だが宵越しの茶のような存在の薄い若い人を電車の中なんかでよく見かけて、いったいどうしたのだろうと思っていたのであるが、これは頭が冬眠状態なのである。テレビのクイズを聞いてみると、答えは多くは反射的にする。それができない場合はまったく答えられないか、または突拍子もないことをいう。変だなと思っていたのだが、これも頭が冬眠状態なのである。○×式に近い問題を出すとよくできるが、作文を書かせてみるとまったくだめであるというのも頭が冬眠状態なのである。古本屋をたずね歩いて、読みたい本を捜し出して読むということをしない。講義のノートはとるが、参考書をていねいに教えてもらっても、それを借り出して見てみることさえしない。これも頭の冬眠状態である。

満目蕭々《しょうしょう》として野に緑色がない。この国は戦後、教育がまったくその方向を誤ったため、人の子の頭を冬眠状態にしてしまったのではないだろうか。

では頭の冬眠状態とは何であろう。観察の結果をいえば、それは感情・意欲がほとんど働かないのである。

私は数学を研究している人たちにいろいろ注意してきたのであるが、なかなかそのとおりにしてくれなかった。どうしてであろうかと思っていたのであるが、前に「関心」ということを発見したとき、なるほどこんなたいせつなところで思い違いをしていたから、私のいうとおりにしようと思ってもできなかったのだろうと、少しわかったのであるが、いままた「感情・意欲」ということを発見して、私は平生はついいつもそれがあるものだから、こんなものはどこにでもあると、まるで空気のように思ってしまっていたから、そのことをまったくいわなかったのだが、もしそれが不十分あるいは不適当ならば、まずそれから用意してかからなければいっさいが始まらないのであるから、少しも私のいうようにはならなかったのであろうと、初めてだいぶよくわかったのであった。

考えてみれば、人は朝起きてから夜寝るまで、感情・意欲のなかに住んでいる。まるで魚に対する水のようなものである。それで一度この感情・意欲のところにおり立って、この観点からいっさいを見直してみることにしよう。

頭が冬眠状態にあるとき非常に意外に感じたことは、街へ出て人の顔を見ても別になんとも思わないことである。

私は、戦後の教育の結果、若い人たちの顔が戦前とはまったく変わってしまった、と呼びかけ続けてきた。そういえばだれにもすぐわかると思ったからである。ところが実際はさっぱり手ごたえがない。ふしぎだなあと思っていたのである。この謎《なぞ》が自分もそうなってみて初めて解けたのであって、顔の変化がはっきり認識できるためには、頭が冬眠状態にあってはならないらしい。しかしなぜであろうか。

蕉門のだれかの句に「年々や猿にきせたる猿の面」というのがあるが、人の顔はいわば二重になっているのであって、外側の顔は肉の顔、内側の顔は感情・意欲の顔である。その内側の顔を見ることができるためには、その人の感情・意欲が働いていなければならないのである。普通の人には外側の物質の顔もわかるし、内側の心（感情・意欲）の顔もわかる。言葉は同じ「わかる」であるが、内容はまったく違っている。前者は「自他対立的、機械的」にわかるのであって、後者は「自分がそのものになることによって、そのものがわかる」のである。物質を形式といい換え、心を内容といい換えても、同じことがいえる。これが「心の眼」であって、この眼は感情・意欲なしには開かないのである。

心の眼が開いていないと、もののあるなしはわかるが、もののよさはわからない。たとえば秋の日射しの深々とした趣《おもむき》はけっしてわからないのである。為政者がこんなふうでは困ってしまう。

ものの見えたる光

人の感情・意欲がわかるためには、見る人の感情・意欲が働いていなければならないといった。それでは感情・意欲が働いていさえすればそれでわかるかといえば、そうはいかないのであって、高い感情・意欲の状態からは、低い感情・意欲の状態は一目でわかるが、その逆はできないのである。

感情・意欲の高さを境地という。境地が高くなるほど見晴らしがきく。もっとも境地は高さきわまりなく、とうてい感情・意欲だけでは説明しきれるものではなくて、心（情緒）全体を持ってこなければいえないと思う。しかしその始まりのところを説明するには心の入り口である感情・意欲だけでいえるのであって、それが清く強ければよい、と簡単にいえると思う。

人の意識の流れは、社会を流れている間はねばねばしていて非常に遅いが、「自他の別」「時空の框《かまち》」と二つの峠をいちおう越えるごとに、だんだん速くなって、境地が十分高まればずいぶん速い。

私は芭蕉の句境を把握《はあく》する速さは、ふつうの俳人のそれに比してずいぶん速いと思っている（九百倍ぐらい速いと考えたことがある）。芭蕉の句にはどこがよいのかまったくわからないが、何だか生きた自然の一片がそのままとらえられているという気のするものが相当ある。たとえば、

　　ほろほろと山吹散るか滝の音
　　草臥《くたび》れて宿借る頃や藤の花

無障害の生きた自然を流れる速い意識を、手早くとらえて、識域下に正確な映像を結んだためできたものと思う。芭蕉は「心の中にものの見えたる光いまだ消えざるうちにいいとむべし」といっている。

　心の中によい映像が結ばれると、それに表現を与えるためにはたいてい長い苦心がいる。言葉が、見えてはいないがわかっている対象になかなか当てはまらないからである。多くの人々にはこれだけがわかるから、俳句とは言葉をいろいろに並べてみるものだと思っているらしいが、それでは菓子のはいっていない菓子箱のようなものにすぎない。

　人の顔を見てよくわかるのも俳句と同じであって、心の顔が、心に映像を結ぶからである。映像の位置は、俳句の原像と同じで、識域下に結ぶのである。だから姿はない。姿はないが姿を彷彿《ほうふつ》させる力を持っている。これが印象である。これが残るためには感情・意

欲が働いてくれなければならないのである。

友人の画家の河上さんが孫の顔を写生してくださったことがある。孫はまだ小さくて少しもじっとしていない。走り回ったり、少し描き始めると「バァ」というような顔をして写生帳をのぞき込んだりする。河上さんは苦しみ抜いた末、ほっとした顔で写生帳を高く差し上げて見せながら「これでやっととらえるものをとらえて絵にしました」といった。これが印象の描写である。

この河上さんの言葉で連想されるのは芭蕉の次の言葉である。

秋風の吹くとも青し栗《くり》のいが

という句があって、芭蕉は「この句、吹くとも青しにて句にしたり」といっている。こういい回してみて、初めて原像が表現できたという意味である。芭蕉は「上句と下句との差は一字、二字にあるものを、聞きえぬは無念のことなり」といっている。実際上の句をふつうに「吹けども青し」とすると駄句《だく》である。それを一、二字変えて「吹くとも青し」とすると実によい句になる。秋風を吹かば吹けと、凛然《りんぜん》とした栗のいがが目に浮かぶでしょう。

ところで「心の中にものの見えたる光」のところで私は映像は識域下に結ぶといった。

こういうことをいうと、そういうことがどうしてできるのかとお思いでしょう。それを説明しよう。

京都博物館に、嵯峨《さが》天皇の御筆があってその一節に、

真智無差別智、妄智分別智、邪智世間智

とある。だからなにかの仏典にそう教えているのだろう。これは無差別智が真智であって、分別智は妄智であり、世間智は邪智であると読むのである。私は一目見てよい句だなあと思った。

無差別智というのは、知らぬ間に知・情・意に働いている力であって、これは超自然界のものである。その末流が、理性界などを流れるのを分別智といい、社会を流れるのを世間智というのである。

識域下に働いて映像を結ぶのは無差別智の働きなのである。

リズムとメロディー

感情・意欲と目との関係をだいぶいったから、次には耳との関係をお話しよう。

私の末の娘を「さおり」という。まずジイドに倣《なら》って、そのもののいい方を「録音」し

て聞いていただこう。数年前のことであるが、嫁《とつ》いでいた姉の一家が引っ越しをした。私が手伝いに行くとさおりと姉とはもう来ていた。さおりはほおかむりをしていたので、それがさおりだとは思わず、私は知り合いの病院の看護婦だと思った。それでていねいにあいさつすると、返事は、「あんたなんか来たら邪魔になるだけや、早よ帰り。帰るみちわかってるか、来たほうへ行けばよいんや」

私はずいぶん生きのよい看護婦もいるものだと思って、この上しかられないように、すぐにいうとおりにした。

そのさおりの小学三年の始めに、私たちは郷里の山奥から奈良へ居を移した。さおりはそのため女子大の付属小学校へ転校した。そうすると一学期の終わりに、私は担任の先生から呼び出された。行ってみると、数学ができないから少し教えてやってほしい、というのである。それで三月《みつき》ほど教えたのであるが、さおりのやるのを見ていると、ふしぎにも少しも数学しているという気がしない。規則どおりにしなければ×がつけられると思いつめて、びくびくし続けているにすぎない。ところがおもしろいことに、間違いのほうに目をつけると、このほうは光彩陸離としている。初めはおずおず間違うのであるが、だんだん興が乗って、しまいには傍若無人に間違う。鞍上《あんじょう》人なく鞍下馬なしである。間違いやすいから間違うのではなく、間違えたいから間違うのである。そうなるとなんだかリズムのようなものさえ感じられる。生命力は表へは出ようがないから、裏へ出たのであろう。その表と裏とを変えるのに、私は三月かかったのである。その間違いの奏《かな》でるリズムと前の「録音」とはなんだか似ている。

息子が生まれたとき、私はいろいろ有名な書物を引き出した末、「百工熙哉《ひろまらんかな》」という句から取って、熙哉《ひろや》と名をつけようかと思って、二階へ上がって、まだ寝ていた妻に相談すると、妻は横に寝ている赤ん坊のほうを向いて、「ヒーチャン」と三度ほど呼んでみて、「かわいらしいからよろしい」といった。私はすっかり感心した。

私は俳句は芥川から教わった。芥川は「しらべ」を説明して、

春雨や蓬《よもぎ》をのばす草の道（芭蕉）
春雨や物語り行く簑《みの》と笠（蕪村）

この芭蕉の句には「しらべ」があるが、蕪村のものにはそれがないといっている。実際芭蕉の句は目の及ぶかぎり春雨が降っているし、蕪村の句には三条か四条局所的に降っているにすぎない。これは芭蕉の句では彼の全感情・全意欲が音を立てて流れているためであって、それが「しらべ」なのである。

私は最近五か月間、頭をまったく使わなかったといった。それでは講義は休んだのかと

聞かれるかもしれないが、講義はしていたのであって、これは習慣に従ってただ機械的にやればよいのだから、べつに頭を使うというほど使わなくてもできるのである。

しかしときどきは困ったことがある。それはついうっかり感情・意欲をむりに働かせたためであって、なにしろ頭は冬眠状態なのだから、こんなことをすると問題を見ても、こんなものが自分に解けるかなとしか思わない。これが感情である。そうするとすぐに解こうとする意欲はまったく起こらない。そうすると知識・技術は働くわけにゆかない。私はだんだんうろたえるばかりで、とうとう立ち往生してしまった。年が明けてまた教室に出て昨年来の問題の前に立ってみると、うそのようにすらすらと解けた。

大学物理学科一年の三学期に私は不変式論の試験を受けていた。音に聞こえた天才の安田先生の問題だけあって、尋常一様のやり方では解けそうもない。私は深く考え込んだ。二時間の時間がほとんどなくなったとき、とうとうアイディア（想）がひらめいた。私は思わず「できた」と叫んだ。先生は私のほうを見た。みんなも振り向いた。私はすっかり赤くなってしまったが、すぐ鉛筆を取り直し、それを飛ぶように走らせて、この着想を立証した。

鋭い喜びがながく尾を引いた。数学を望みながらその研究を生涯の仕事とする自信がなくて物理学科に籍を置いていた私は、すぐに数学志望に踏み切ったのである。

意欲と創造

人の大脳前頭葉は感情・意欲・創造をつかさどると医学はいっている（時実利彦著『脳の話』岩波新書）。

創造とは、その人の感情・意欲の状態が十分よければ、おのずからそこに起こる造化の妙用であって、実に多種多様である。

それで人は、造化のことは造化に任《まか》せてしまって、自分の分である感情・意欲のほうをよくするように努めればよいということになる。これは非常にたいせつなことである。

しかし、その感情・意欲と創造とがどう関係しているのかもまた知っておく必要がある。まず意欲と創造との関係からお話する。いつもするように自分を例にとるから数学の話になる。

大学を卒業して四年めの年である。私は三高で解析幾何を教えていた。そのとき教科書にこういう問題があった。

円に外接する四辺形の二つの対角線の中点を結ぶと、その円の中心を通る。

もちろん証明せよというのである。ひとりの生徒はその解答を黒板いっぱいに細字でぎっしり書いた。私はすっかり閉口してこういった。「ぼくは誤りを見つけるのがごくへただから、この長い証明を調べて、よしこれでよろしいといっても、それは少しも解答が正しいということにはならない。だから見ないが、いくらなんでも、もう少し巧《うま》い解き方がありそうなものだ」

それでその日は目が疲れなくてすんだが、そのかわりこんなことをいってしまったから、じょうずに解いてみせなければならないことになった。しかたがないから、やりかけていた数学の研究のほうは一時中絶して、それについて考えた。

私はこういうときはいつも机を離れて、多くは散歩しながら考えるのだが、このときは解けないうちに夜になって、その夜は先輩の洋行の別宴があったので、それに出席した。しかし場所や姿勢は変わっても考えることはやめなかった。やがて乾杯することになった。私はみんなが立つから立つことは立ったのだが、その意味が少しもわかっていなかったので、さっさとひとり先に持っていた杯のブドウ酒を飲んでしまった。みんな私のほうを見た。ちょうど隣にいた友人の数学者の秋月君は心配して、「岡、どうした」といった。私は赤くなりながらなお考え続けていると間もなく問題は解けた。我ながらよくできた、と思った。

その解き方であるが、話せばおわかりになる方もだいぶんおられると思うから、いうことにする。

この問題はどこから手をつけて図を描くかということが問題なのである。初等幾何学的に描こうとすれば描く順序が決まってしまう。学生はこのとおりの順序に式を描いていったのである。ところが、解析幾何の高等数学たるゆえんの一つは、想像をまじえても図が描けることである。それで描く順序はかなり自由になる。

それで初めにいったように、どの順序に描こうかなということになるのであって、このころからほのぼのとおもしろくなる。

結果をいえば、これは外接四辺形を先に描けばよいのであって、それが円に外接していると想像するのである。

この想像が可能なためにはいくつかの条件がいる。この条件のいい表わし方について、少し慣用の技巧を使うと、その中に、二つの対角線の中点を結ぶと、その円の中心を通らなければならないというのがある。証明は二、三行ですむのである。やってごらんになりませんか。

数学上の発見となると、意欲の持続期間は数年に及ぶのがふつうである。その最盛期は終わりごろにくるのであるが、ずいぶん強い意欲である。一、二実例をお話ししよう。

満州事変と日支事変との間のことであるが、数年前から目標をそこにしぼっていた問題群について、文献目録のような本がドイツから出て私の手にはいった。私はさっそく研究を始めたのだが、私にできるほどのことはみなしてしまっても、何一つ手掛かりさえつかめない。私はそれでもそれらを解こうとする強い意欲は絶やさなかった。知的にはすることがないから、事実上は昼も夜も、その意欲以外は、眠ってしまっているような日が三月ほど続いた。そうしたある朝、突然有力な手掛かりが発見された。日支事変中のことだが、私の研究はすっかり壁に行き当たってしまったので、私は「これではまるで海を歩いて渡れといわれているようなものだ」と思った。そう思うと無性にそうしたくなって、台風の鳴門《なると》の渦を乗り切ろうとした。

創造と喜び

発見には通常「発見の喜び」といわれている独特の鋭い喜びが伴う。その典型的な例はアルキメデスに見るものであって、二千年を隔てた今日、彼が「予は発見せり」と叫びながら街を裸で飛んで帰るさまが目に見えるようである。私の場合も数学上の発見はつねに鋭い喜びを伴った。喜びはその日じゅうは続くものだから、いつも何もしないでポカポカしていた。これはこの種の発見にはけっして「疑いを伴わない」ことを示しているのであって、これだけからでも数学上の発見が、無差別智の働きによるものであることがわかる。「発見の鋭い喜び」というのは寺田寅彦先生の言葉である。先生は蝶《ちょう》を見つけたときを例にとっているが、私はこの種の喜びを説明するにはこの例が一番よいと思う。

小学六年のころ、ある日山畑の端のクヌギの木の所に行ってみると、長い間捜し求めていた「おおむらさき」がとまっている。閉じていた羽根をおもむろに開くと、日の光が美しい紫色に鋭く輝く。私ははっと息を詰める。

このときの喜びが発見の鋭い喜びである。その種類がよくわかるように拡大して説明する。道元禅師は『正法眼蔵』（岩波文庫、上）で「有時《うじ》」ということを説明している。これはその刹那《せつな》、その一点に、すべての時間・空間が凝集してしまって、そのためそれがすっかり中身のあるものになっているという意味である。「おおむらさき」を中心にしていっさいのものがあり、きらっと紫色に光った刹那を中心にしていっさいの時がある。このとき私は「おおむらさき」の存在を私の存在とともに少しも疑わなくなるのである。

寺田先生はこういう意味のことをいっている。「大学を出て、いわゆるオリジナルリサーチ（未知に対する研究）をするようになると、一日一日が生き甲斐《がい》のあるように思われて、それまで病弱だったからだが、自然に達者になった。そのかわり生み出す、つくり出すという働きを、たとえそれがある文章で一字二字を置き変えるというごく些細《ささい》なものであってもよいのだが、少しもしなかった日は、まるで一日が空費されたように思われた」

ある文章で一字二字を置き変えるというごく些細なものであっても、それが本当に創造であれば、全身に喜びを感じるのである。ちょうど一輪二輪の梅花であっても、それが本当に木から咲き出たものであれば、その上に満天下の春を感じるが、造花はどんなにたくさんであっても紙くずにすぎないのと同じである。

先生は「日々生き甲斐を感じた」といっておられるが、これは発見の鋭い喜びとは別種類の心の喜びであって、私はこれを「生命の充実感」といってきた。人がほめても悪くいっても少しも気にならないのは、この心の喜びが内に満ちているためである。

数学の研究に従事するためには、この二種類の心の喜びさえあれば十分と思う。

漱石はその秋に死ぬという夏、和辻哲郎《わつじてつろう》氏に手紙を書いて、次の意味のことをいっている。「自分はこの頃《ごろ》、午前中の創作活動が、午後の憩いの時の肉体の愉悦《ゆえつ》となって出るのを例としている。自分は芸術はここまで行かなければうそではないかと思う」

こんなことをいった人は漱石しかないだろう。私は、これはいったいどんな喜びだろうと思った。そして『明暗』を作者の立場に立って読めば、ことによると同一種類の喜びがいくぶんかは私の心に再現されるかもしれないと思った。それで例によってさっそく実験してみたのだが、結果は完全に失敗であった。喜びなんか少しも感じられないのである。

わかったことといえば、作者の立場に立ってこの創作を読むのはきわめて困難であるということと、しかしそうしなければこの小説はおもしろくなかろうということだけであった。

その後テレビで巨人軍の藤田《ふじた》投手の話を聞いた。「私は試合には一球一球丹念《たんねん》に投げる。試合に勝つと、夜寝床にはいってから布団《ふとん》を頭からかぶって、昼投げた球をいちいち思い出す。そうすると初めてうれしくなってくる。だれもみなそうらしい。だから投手は、布団の中で喜びをかみしめる、といわれている」

これを聞いて、私は漱石の創作の喜びの種類が少しわかりかけてきたように思った。芥川の創作の喜びはまた違う。もう余白がないから説明しないが、創作の喜びにはさまざまの型があるようである。創造の喜びとなると千差万別かもしれない。

意志体系

その後私は数学の研究を始めた。なにしろ「頭の冬眠状態」からやっと立ち直っただけのところだし、研究も去年の八月以来やっていないのだから、人の創造の働きは私にはいかにもふしぎで、まるで大海のように思われるのだが、その波打ち際《ぎわ》でちゃぶちゃぶやっているような日々が続いた。こんなやり方にかかわらず研究は進捗《しんちょく》していったのであるが、それは取りあげた問題がすでに十分精選されていたからである。私はその波打ち際の遊びがいかにも珍しくて、さっそく十分に観察した。それについてお話しよう。ここをていねいに述べるのが創造というものを説明するのに一番よいと思うから。

私はこう思った。研究を始めて十一日めのことである。このごろ私はいったいどんなふうに研究しているのだろう。けさのやり方を一度声なき独語をしいて声に出して、「録音」してみよう。そんなことをすれば、研究のほうは平日のようにうまくゆかないだろうが、しかたがない。

私は寝床にはいる。きのう最後につくった例2を見直す。間違っていないが、なんだかもの足りない。「この円は固定されているが、これは動かさなければならない」「どう動かそうかな」ああしようか、それともこうしようか、といろいろ工夫する。少しおもしろくなってくる。そのうち安定したものができる。「これを例3としよう」すぐに立場を変えて与えられた例を観察する。「予想したとおりだ」

「これが一般の場合ではなかろうか」証明法をあれこれと工夫する。コーヒーの豆を引く音が快く聞こえてくる。「境界をもっとよく見なければいけない」

コーヒーがくる。かき回しながら、前そこをやったときの推理のありさまを思い起こす。「まずΔ（デルタ）のときは？」対象をそう決めておいてコーヒーを飲む。飲みながらそれをじっと見て「Δはそうなる」「だから一般にそうなるだろう」だがなんだか少し心細い。

しばらくそこ（推理の場）を離れてコーヒーを飲む。「推理は一歩さかのぼってしなければいけない」いろいろの場合を宙に描いてみる。だんだん不安になる。「ちょっとたいへんなことになってきた」

コーヒーを飲む。だんだんわからなくなってゆく。

大きくそこを離れてコーヒーを飲む。いろいろの場合を想い描いてみる。やがて想至る。「のちに本当に使うものは何か」ほのぼのとおもしろくなってくる。「これは実用的な定義系に切り変えるべきだ。基本方針はできるだけ簡単になるようにすることだ」素描してみて「順々に書いてゆけば自然にできるだろう」コーヒーを飲み終える。「録音」も終わる。

録音を見直してみて私はこう思った。

人はみな大脳前頭葉から大脳側頭葉にわたる「意志体系」を自分で育てあげて持っている。（意志体系は大脳の運動領域にも及んでいると思われるが、今はその必要がないから、観念的に知覚だけに限定していう）中心はもちろん前頭葉にある。私はそう思っている。

私の姉娘のむこは鯨岡といって、脳を専門に研究しているのだが、私は近ごろ彼に聞いた。「前頭葉と側頭葉との連絡（前頭葉の命令経路および側頭葉の復命経路）はどんなふうについていますか」彼はこう答えた。「今日の医学ではまだよくわかっていません」

だから「意志体系」はまだとうぶん医学の肯定も否定も得ることができない。しかし私にはどうしても各人はそのようなものを自分で育てあげて持っているとしか思えない。そしてこれを想定すると、いろいろな場合に、常に説明がつけやすいし、説明のしかたにもいつもむりがない。だから私はこの「意志体系」の存在を仮説としてとることにする。研究の「録音」を見ると、私は意志体系を一番よけい働かせていることがわかる。

大脳側頭葉の働きは記憶・判断をつかさどるのだといわれている。

側頭葉は前頭葉の命令によって動くのである。前頭葉が強く感情・意欲してそれによって側頭葉が判断したり記憶したりすると印象に残る。

意志体系を働かせると、いわばその端についている印象が、ちょうどその季節がくれば花が咲くように、自然によみがえるものらしい。これが一番「録音」によく出ている。人によって知的色彩がみな違うようであるが、これは主として意志体系の違いからくるのだとみるとよくわかる。

大事なのは記憶や判断法ではなく、それも要《い》るには要るが、もっとたいせつなのは「意志体系」だと思う。だとすると、自主的に勉強させなければだめである。

無差別智

意志体系はときとして弦《げん》楽器にたとえるとよくわかる。私のこのごろの数学研究はこの弦楽器を奏《かな》でて遊んでいるようなものである。私の「意志体系」の使い方を見るに、弦楽器にたとえると、初めに相当強く緊迫するようである。いま私の家庭は三人なのだが、妻や末娘がこの時期に私にさからうとピシピシやっつける。娘にいわせると「大きな声を出す」のである。この時期が過ぎるともうそんなことはない。引き張るのは大脳前頭葉の自由意志でするのだから、自分がそのなかへはいらなければできないわけである。それがすむとその外へ出てしまって、これを楽器のようにみなし去るから、そうなれば広義の自然界を出離れるのだから、心に春風が吹き始めるのである。

人の歩む道は真善美妙と分かれているが、いずれもからだを道具に使うのであるから、意志体系については同じことがいえるとみえて迦葉仏《かしようぶつ》はこう教えている。

「弦緩《ゆ》るければ鳴らず、緊迫すれば断つ、緩急中を得れば百韻遍《あまね》し」

意志体系はかように自由意志（意識的に働かすことのできる意志、ただし働かし始めるには力がいる）によって働かすことができる。これを同じ目標に向かって三日も重ねていると感情・意欲は一つの方向に流れ始める。これを十日も続けると、心（情緒）全体がその方向をさして流れ始める。こうなれば大河が地を摺《す》って流れるようなもので、自由意志なんかではとうていとめられなくなる。私の場合にはこうして研究が始まるのであるが、たぶん悪に対しても同じであろう。

「録音」を見ると、そこにあるものはだいたい意志体系の「印象群」であって、連想力・想像力・構想力のシスターズ（三人姉妹）も働いているにはいるが、きわめて低く、印象群の地面すれすれにしか飛んでいない。これは研究が順調に進んでいるからであって、いったん壁につき当たれば、彼女らは高く飛翔《ひしょう》するのである。しかしそのときも地面から飛び立つらしい。

心に春風が吹き始めるとともに無差別智もよく働き始める。働くのは無意識裡《り》に働くのであるが、結果のほうはよくわかる。

「録音」に出ているものを拾いあげてみよう。

ファーブルは『昆虫記《こんちゅうき》』でいみじくも疑惑・不安・危惧《きぐ》は理性のオリジン（始まり）だといっている。不安それ自身は知性の濁《にご》り（仏教でいう無明）であるが、それあらしめるものは無差別智（大円鏡智）である。

少しもわからない対象をじっと見つめ続けていると、だんだんわかってきて、しまいにはっきりわかる。はっきりわかるとは疑いが残らないという意味である。これも無差別智の働きである（平等性智）。芭蕉は「散る花鳴く鳥、見とめ聞きとめざれば止まることなし」といい表わしている。

気持が例に表わされるのは、情緒が形をとるのであって、これも無差別智の働きである（成所作智）。芭蕉は「心の作はよし、詞の作好むべからず」と教えている。

この「録音」には出ていないが、前にいった、自分がそのものになることによって、そのものがわかるという無差別智の働き方を妙観察智というのである。前にいったように芭蕉はこのことを「心の中にものの見えたる光いまだ消えざるうちに言ひとむべし」と教えている。また「俳諧は浅きより深きに入り、深きより浅きにもどる心の味なり」ともいっている。

無差別智のこの四通りの働き方を四智というのである。これについて深く知るには、山崎弁栄上人の『無辺光』が一番よいと思うのだが、この本はごく少数しか世に出ていない。

右には真美に現われる無差別智の例をあげたのであるが、無差別智は私たちの日常茶飯事に絶えず働いているのであって、たとえば立ち上がるとき、全身四百余の筋肉がとっさに統一的に働き、しかもさらに驚くべきことは、その立ち上がり方で立とうとしたときの気持を巧みに表現するのであるが、これは妙観察智の働きである。

それから、ファーブルがどこまでふしぎかわからないといい続けていた昆虫の本能も、無差別智の働きにほかならない。

ところで、私は数学の研究に没入しているときは、虫も殺さず若草も踏まない。かような心の状態にあるとき無差別智はよく働くらしいのである。

孫と絵と人の喜び

姉娘の所へ孫たちを見に行った。孫は二人で、上はきのみといってこの四月（一九六五年）から小学校入学、下は洋一といって生後三十七か月である。

洋一は連れて行った末娘に絵本の絵を描かせては、それをじいっと見ていてすぐに描く。平生テレビもじいっと見ているらしい。

「ビウノマチニガオー」（ビルの街にガオー）、「オチャメジュジュノハカセ」（お茶の水博士）などといいながら、鉄人28号・アトム・お茶の水博士・自動車・飛行機などを描いている。左手で描くのである。

しばらくの間に見違えるようにうまくなった。前には何を描いているのかまったくわからなかったものだが、今はよく特徴をとらえているから一見してわかる。その点だけからいえば、おとなより鋭い。こうなるまでにはずいぶん長い間、驚くべき熱心さでわけのわからないものを描き続けたのである。

特徴を鋭くとらえるのは妙観察智が働かないとできない。だからこの智力の働きが外に出始めたのである。

純粋にこの智力によるのだから、人が描いているのを見入ってでなければ描けないのである。

私の場合を基準にとっていうと、生後だいたい三十二か月が「童心の時期」、次の一年間に「運動の主体としての自分」を意識する。その次の一年間に「感情・意欲の主体としての自分」を意識する。

洋一はようやく運動の主体としての自分を意識し始めたばかりであるが、運動の主体としての自分を無意識裡につくることは、ずっと前に、生後十六か月を中心にしてその前後にかなり長くかかってやっている。

そのときのありさまは『朝日新聞』紙上で一度お話したのであるが「意志体系」を育てあげるにはどうすればよいかを見るには非常に参考になると思うから、簡単に繰り返しておこう。

そのころ洋一は、「一時に一事」しか絶対にしなかった。またテレビで「オテテヲ、ブラ、ブラ、ブラ、ブラ」や「焼きいもごろごろ」や、さまざまの美容体操などを熱心に見て、それを繰り返し繰り返しやって見せてくれた。そうしているうちにそれまで「ホタホタ」笑っていたのが「ニコニコ」笑うようになった。

洋一にはいま妙観察智の働きが外に出始めているから、これからだんだん感情・意欲ができてゆくだろう。しかしそれを意識するのは、まだだいぶおそくなるだろう。運動が先で知覚があとである。

もうこんなことをいう。

「ママ、コレナーニ」

母「バターナイフ」

「チガウヨ、ジャムーナイフ。ダッテ、ジャムツケタデショー」

それまでひとり勝手にしゃべっていたのが、会話に加わることができるようになったのである。

第一反抗期（童心の時期に引き続く一年間の中ほどを中心にしてかなり長期にわたる。いうことに反対するのである）は、父に聞けばもう出始めているということであったが、そういえば前の会話にその傾向はある。

洋一はこれぐらいにして、きのみに移る。童心の時期を過ぎて二年めになると、もはや自他の別はだいたいつく。それでこのころから「自分をあとにせよ」という戒律を、よい社会の一員となるためにも、守らせ始めなければならない。

しかし、これは初めはその子に適した何か一つだけについてやればよい。きのみの場合には、喜びが特によくわかったから、「きのみ、人を喜ばせるのはよい子だよ。人が喜んでいるのに邪魔をする子は悪い子だよ」と教えた。そうすると一年ほどたってこういうことがあった。

きのみと洋一とはママとともに家のふろにはいっていた。きのみはせっけん水を管でふろ場の壁に吹きつける。洋一はすっかりご満悦《まんえつ》で、あとからあとからとそれを消して回る。とうとう、きのみはこういった。

「ママ、きのみ本当は悲しいのだけど、洋たんが喜んでるから辛抱してるのよ」

きのみはごく小さいとき、人が来ると、手足を同時に激しく振って喜んだものである。これは妙観察智型（感情型）である。これに対し、洋一はものをじいっと見入るのが特徴である。これは平等性智型（理性型）である。男女性はこう分かれるのがふつうではあるが、差はそれをはるかに越えている。

かわいそうな猫の効果

きのみの製作帳や自由画帳や『おもいで』(これは母がつけた表題で、純自由画集)を見た。また、きのみはいま非常に漢字を習いたがっている。知覚的意志体系の育て方はこれでよいかと思う。しかし念のために、もののいい回しを聞いてみよう。

小学入学は四月一日なのだが、

「入学式までにはハー(歯)直しとかんなんから、あすかあさってには、エート」とカレンダー(柱暦)を繰って、

「三十一日までには、直しとかんなん」

知覚のほうはよい。運動のほうはどうだろう。それで聞いた。

私「きのみ、このごろ運動するか」

母「走り回ってるし、公園(すべり台とぶらんこのある広場)へ行くのも好きや」

私「注意は」

母「幼稚園ではときどきぼんやりしてるらしい。公園で遊ぶときも、洋たんを頼むといっておいても、自分の遊びがおもしろくなってくるとすっかり忘れてしまうから、安心し

て任しとかれへん」

注意の持続に問題がある。それだと運動的意志体系を発育させることに少し意を用いなければいけないだろう。

私は前には、寝床の中の研究について描写し説明したのだから、知覚的意志体系ばかりお話したが、私は研究が難所にさしかかると、よく歩きながら考えるのであって、運動的意志体系も併用しているのである。ポアンカレーもこの近傍にしばしば言及している。私は、特に注意の持続は、運動的意志体系に負うところが多いように思うのである。

夜になって猫がはいってきた。寒そうにふるえているし、ひもじそうでもある。

洋一「チュワッテル」「ゴハンダ」

きのみ「まだすわってる」「ママ、ストーブのそばでねかしたげようよ」

洋一は猫の腹を抱いて歩き回る。猫ははなはだ迷惑そうである。あまり寒かったためか、飯をやっても、乳に変えても食べない。孫たちは手を変え品を変えてこのかわいそうな猫に尽くしてやっている。何だか急に、非常にたのしくなったというようである。

これが幸福なかわいらしい猫だと、たとえば奪いあったりして、とてもこんなふうにはゆかない。だから私は、人で一番たいせつなのは人の心、わけてもひとの悲しみを知ることだと『春宵十話』以来いい続けてきたのであって、そうすれば心の窓が開いて、その人の心の中を春風が吹くのである。

夜もふけて、洋たんは寝てしまった。きのみは寝床で末娘に『星の王子さま』を読んでもらっている。猫はソファの上でのびのびと眠っている。

私は鯨岡(十一)さんにいろいろ教えてもらっている。

私、独語「洋一は左利《き》きだから運動は大脳の右側を使う。言語中枢《ちゅうすう》は左にあるのだから、そうすると……」

鯨岡「言語中枢が左にあるというのは右利きの人についてです」

私、独語「それだと洋一の言語中枢は右にあるのかもしれない。血の多くいく側がよく発育するだろうから」

鯨岡「左利きをむりに矯正《きょうせい》すると、どもりになることがあります」

やはりそうかもしれない。幼稚園へはいったとき、先生によく頼もう。

鯨岡さんはさらに、こういうおもしろい話があるのですが、ご参考になりませんか、といって次のような新事実を教えてくれた。

「大脳は左右の半球からなっている。猿の大脳を中央部で連絡を絶って左右に分けてしまうと、右手で覚えた記憶は左手を使うときには出てこない。その逆についてもいえる」

私はこの事実は、意志体系というものが実在するということのたしからしさを相当増大すると思う。

きのみと洋一とではずいぶん違う。画題も、きのみは美人画が好きである。両性は幼いころすでにこんなにも違っているのだから、その後を同じように教えようというのはむりではあるまいか。

いろいろお話したことをまとめてみよう。

意志体系ができていても感情・意欲がなければどうにもならないのであって、ちょうど水道管と水源池の水とのような関係である。

そしてこの意志体系の枝に印象の小枝がついて、その先に知識・技術の葉がつくのである。根・幹は情緒（心）であって、幹の上の部分が感情・意欲である。

人を木になぞらえていうと、こんなふうになっているように、私には思われるのである。

（「朝日新聞」一九六五年五月二日～十四日）

無明ということ

小林　岡さんは、絵がお好きのようですね。ピカソという人は、仏教のほうでいう無明《むみょう》を描く達人であるということをお書きになっていましたね。私も、だいぶ前ですが、同じようなことを考えたことがある。どこかの展覧会にいきまして、小さなピカソの絵をみました。それは男と女がテーブルをはさんで話をしている。ピカソの絵ですから、男か女かわからない。変なごつごつしたもので、とてもそうは見えないけれども、男と女が話しているなと直観的に思った。そうすると、いかにもいやな会話を二人がしているんですな。これは現代の男女がじつに不愉快な会話をしているところをかいたのだなと、ぼくは勝手に思っちゃった。

岡　それは正しい直観だと思います。

小林　岡さんが無明ということを書いていらっしゃったでしょう。ははあ、これは同じ感じだなと思った。

岡　男女関係を沢山かいております。それも男女関係の醜い面だけしかかいていません。

あれが無明というものです。人には無明という、醜悪にして恐るべき一面がある。昔、世界の四賢人といって、ソクラテスとキリストと釈迦《しゃか》と孔子をあげておりますが、そのうち三人、釈迦とキリストと孔子は、小我は困ると言っているのじゃないかと思います。キリストは、人の子は罪の子だと言っております。孔子は、七十にして矩《のり》を踰《こ》えず、つまり自分をしつけて一人前に知情意し、行為するようになれるまで自分は七十年もかかった。それでは後は何も出来ないわけです。釈迦は、無明があるからだということをよく説いて聞かしているのです。人は自己中心に知情意し、感覚し、行為する。その自己中心的な広い意味の行為をしようとする本能を無明という。ところで、人には個性というものがある。芸術はとくにそれをやかましく言っている。漱石も芥川も言っております。そういう固有の色というものがある。その個性は自己中心に考えられたものだと思っている。本当はもっと深いところから来るものであるということを知らない。つまり自己中心に考えた自己というもの、西洋ではそれを自我といっております。仏教では小我といいますが、小我からくるものは醜悪さだけなんです。ピカソのああいう絵は、無明からくるものである、そういうことを感じて書いたのです。それから、ギリシャはちょっと違うのです。ギリシャは、多少考えにくいのですが、芥川も、ギリシャは東洋の永遠の敵である、しかし、またしても心がひかれると言っておりますね。たとえば、これも書いたのですが、ミロのヴィナスというものは、あるところまではわかりますが、その先はどうにもわからないのです。そういうものをギリシャはみな持っている。欧米の文明はギリシャから発したのですから、ギリシャをよく調べないと、わからないでしょうね。

小林さんの学問に関するお話は、いかにももっともと思います。それを無明ということから説明すると、人は無明を押えさえすれば、やっていることが面白くなってくると言うことができるのです。たとえば良寛なんか、冬の夜の雨を聞くのが好きですが、雨の音を聞いても、はじめはさほど感じない。それを何度もじっと聞いておりますと、雨を聞くことのよさがわかってくる。そういう働きが人にあるのですね。雨のよさというものは、無明を押えなければわからないものだと思います。数学の興味も、それと同一種類なんです。

小林 無明をかく達人である、その達人というものはどうお考えですか。

岡 それほど私はピカソを高く評価しておりません。ああいう人がいてくれたら、無明のあることがよくわかって、倫理的効果があるから有意義だとしか思っておりません。ピカソ自身は、無明を美だと思い違いしてかいているのだろうと思います。人間の欠点が目につくということで、長所がわかるというものではありませんね。とうてい君子とはいえない。小人にはいるでしょう。アビリティはあります。ピカソの絵の前にながく立っていると、額から脂汗《あぶらあせ》が出る感じです。芥川がどこかの絵の展覧会で、気に入った絵を見ていると、それまで胃の全面にひろがっていた酸が一瞬に引くように感じたということを言っておりますが、絵の調和とか不調和とかいうものは、生理、とくに胃の生理と結びついているように私は思うのです。ピカソの絵は、とうてい長く見ていられない。あれを高い値で買って居間に掛けようというのは、妙な心理です。フローベルは、悪文は生理に合わないから、息苦しくなると言っておりますが、絵も同じです。自我が強くなければ個性は出ない。個性の働きを持たなければ芸術品はつくれない、と考えていろいろやっていることは、いま日本も世界もそうです。いい絵がだんだんかけなくなっている原因の一つと思います。坂本繁二郎《さかもとはんじろう》という人は、そんなにたくさん絵をかいておりませんけれども、あの人が死んだら、後継ぎは出ないでしょうし、高村光太郎《たかむらこうたろう》の彫刻もそうです。こういうのを美というのだと思います。

小林　今の芸術家はいやな絵を押し切ってかいて、ほかの人にはかけないといって威張っている。私の家に地主《じぬし》（悌助《ていすけ》）さんという絵かきさんがときどき来るのですが、この人は石や紙ばかりかいているのです。私はその人の絵を個展で買ったのですよ。大根が三本かいてある。徹底した写実でして、それを持って帰って家内に見せたら、この大根は鬆《す》がはいっている、おでんには駄目だと言うのです。それほどよくかいてある。

岡　紙を絵にかくのですか。

小林　美濃紙でもなんでもかくんです。額ぶちの中へべったり紙をかく。紙ばかりかいて展覧会をしたことがある。それを人がのぞきまして、ほんとうの紙だと思ったわけです。額ぶちの前にまだ紙がたらしてあると思って、ああ未《ま》だかと言って、帰っちゃったというのです。失敗しましたと言っておりましたがね。石の絵も買って掛けてみた。沢庵《たくあん》石ですが、静かな絵ですよ。この人は坂本繁二郎以外にはいまの絵かきを認めないのです。それは要するに写実しないから認めないのですね。いまの絵かきは自分を主張して、物をかくことをしないから、それが不愉快なんだな。物をかかなくなって、自分の考えたことか自分の勝手な夢をかくようになった。私は絵が好きだから、いろいろ見ますけれども、おもしろい絵ほどくたびれるという傾向がある。人をくたびれさせるものがあります。物というものは、人をくたびれさせるはずがない。

岡　そうなんですよ。芸術はくたびれをなおすもので、くたびれさせるものではないのです。

小林　考えてみると、物と絵かきは、ある敵対状態にあるのだな。物が向うにあって、自分はこっちにいる。それをどう始末するかという意識が心の底にあるのだな。

岡　多分いらいらしていて、それをかくのだろうと思います。

小林　もちろんそういう意識は、おもしろい絵にはなりますな。

岡　いまの絵かきは自分のノイローゼをかいて、売っているといえるかもしれませんね。そういう絵をかいていて、平和を唱えたって、平和になりようがないわけですね。そうでしょう。対象はみんな敵だと思って、ファイトと忍耐をもって立ちむかうのでしょう。そうすると、神経のいらだちがおのずから画面に出る。それがよく出るほど個性があるといっている。なにかそんなふうです。地主さんや坂本さんは、何をかいても絵になると思っているらしい。ところが、不思議なことに何をかいても絵になるのですね。こういう経験がありました。奈良の博物館で、正倉院のいろいろなきれを陳列していた。破れてしまっているきれの片々を丁寧に集めて、丹念に紙にはってあるのです。それをこちらも丹念に見ていった。三時間ほどはいっていたでしょうか、外へ出てみると、あのあたりにいろいろな松がはえておりますが、どの松を見ても、いい枝ぶりをしているのですね。それまでは、いい枝ぶりの松なんか滅多にないと思っておった。ところが一本の幹につくその枝ぶりが、どの一つもみなよくできているように見えた。だから、丹念に長いあいだ取り扱ってきたものを見ているうちに、自分の心からほしいままなものが取れたのじゃないか。ほしいままなものが取れさえすれば、自然は何を見ても美しいのじゃないか。自然をありのままにかきさえすればいいのだ、そのためには、心のほしいままをとってからでなければかけないのだ、そういうふうになっているらしい。この松は枝ぶりがよいとかいけないとかという見方は、思い上がったことなのです。それではほんとうの絵はかけないらしい。

（「新朝」昭和四〇年一〇月）

数学も個性を失う

小林　このごろ数学は抽象的になったとお書きになったでしょう。私ども素人《しろうと》から見ますと、数学というものはもともと抽象的な世界だと思います。そのなかで、数学はこのごろ抽象的になったとおっしゃる。不思議なこともあるものだ、抽象的な数学のなかで抽象的ということは、どういうことかわからないのですね。

岡　観念的といったらおわかりになりますか。

小林　わかりません。

岡　それは内容がなくなって、単なる観念になるということなのです。どうせ数学は抽象的な観念しかありませんが、内容のない抽象的な観念になりつつあるということです。内容のある抽象的な観念は、抽象的と感じない。ポアンカレの先生にエルミートという数学者がいましたが、ポアンカレは、エルミートの語るや、いかなる抽象的な概念と雖《いえど》も、なお生けるがごとくであったと言っておりますが、そういうときは、抽象的という気がしない。つまり、対象の内容が超自然界の実在であるあいだはよいのです。それを越えますと内容が空疎《くうそ》になります。中身のない観念になるのですね。それを抽象的と感じるのです。

小林　そうすると、やはり個性というものもあるのですか。

岡　個性しかないでしょうね。

小林　岡さんがどういう数学を研究していらっしゃるか、私はわかりませんが、岡さんの数学の世界というものがありましょう。それは岡さん独特の世界で、真似することはできないのですか。

岡　私の数学の世界ですね。結局それしかないのです。数学の世界で書かれた他人の論文に共感することはできます。しかし、各人各様の個性のもとに書いてある。一人一人みな別だと思います。ですから、ほんとうの意味の個人とは何かというのが、不思議になるのです。ほんとうの詩の世界は、個性の発揮以外にございませんでしょう。各人一人一人、個性はみな違います。それでいて、いいものには普遍的に共感する。個性はみなちがっているが、他の個性に共感するという普遍的な働きをもっている。それが個人の本質だと思いますが、そういう不思議な事実は厳然としてある。それがほんとうの意味の個人の尊厳と思うのですけれども、個人のものを正しく出そうと思ったら、そっくりそのままでないと、出しようがないと思います。一人一人みな違うから、不思議だと思います。漱石は何を読んでも漱石の個になる。芥川の書く人間は、やはり芥川の個をはなれていない。それがいわゆる個性というもので、全く似たところがない。そういういろいろな個性に共感がもてるというのは、不思議ですが、そうなっていると思います。個性的なものを出してくればくるほど、共感がもちやすいのです。

小林　それはわかりましたけれども。

岡　数学が抽象的になったということの前に、世界の知力が低下してきていると感じているることがあるのです。個性というものはあまり出なくなりました。ポアンカレの言ったようなやり方で数学上の発見をしていましたら、当然個性が出るのですが、今は千篇一律になってきておりますね。

小林　それは前の人がやってきたこととまるで違った発想から、新しく別に始めるのですか。

岡　いや、前の人がやってきているから、そのときの問題点は動かせないのです。ただその問題をいかに処理するかということから、処理のしかたがそれぞれ変るのです。

小林　そうですか。解き方が違う。

岡　問題自体は、自然に出来あがってきている。これは動かせない。正しい数学史というものができていって、そのときどきの問題の中心がきまっていくということは、普遍的なことです。

小林　ばらばらでなく、考えが深まって、問題が次第にむずかしくなって、しかも積みかさなっていくわけですね。

岡　そういうわけです。そこが学問と芸術の違うところでしょう。しかし、数学史はこういうものだと各人が見ている、その数学史というものも、数学者の数と数学史の数は同じだけあるというように、一人一人別々に見ていましょう。しかし話しあうことはできるのです。

小林　数学のいろいろな式の世界や数の世界を、言葉に直すことはどうしてできないのでしょう。岡さんのいま研究していらっしゃる数の世界を、たとえばぼくらみたいに言葉しか使えない男に、どういう意味の世界かということはなぜ言えないのですか。

岡　いや、それは出来うるかぎり言葉で言っているのですが、一つの言葉を理解するためには、前の言葉を理解しなければならない。そのためには、またその前の言葉を理解しなければならないというふうに、どうしても遡《さかのぼ》らないと説明できないから、いま聞いて、いますぐわかるような言葉では言えないのですね。畢竟《ひっきょう》、ほとんど言葉で言っているのです。研究している途中のものは、言葉で言えませんが、出来あがってしまえば、言葉で言えるのです。だから、出来るだけ言葉で言いあらわして発表している。ただ、その使っている言葉はすぐに理解することができない。大学院のマスター・コースまでの知識がないと、新しい論文は読めないというのが現状です。現代数学の言葉を理解するには時間がかかるということです。言葉がばらばらにあるのではなく、それぞれ一つの体系になっておりますから、体系を理解しなければ、手間がかかって仕方がない。その体系を教えていくのに時間がかかる。

小林 それはわかります。

岡 これがもっとふえたらどうするかということになりますが、欧米人がはじめたいまの文化は、積木でいえば、一人が積木を置くと、次の人が置く、またもう一人も置くというように、どんどん積んでいきますね。そしてもう一つ載せたら危いというところにきても、倒れないようにどうにか載せます。そこで相手の人も、やむをえずまた載せて、ついにばらばらと全体がくずれてしまう。いまの文化はそういう積木細工の限度まで来ているという感じがいたします。これ以上積んだら駄目だといったって、やめないでしょうし、自分の思うとおりどんどんやっていって、最後にどうしようもなくなって、朝鮮へ出兵して、案の定やりそこなった秀吉と似ているのじゃないですか。いまの人類の文化は、そこまできているのではないかと思います。ともかく大学院のマスター・コースまですませなければ、一九三〇年以後の、最近三十年間の論文は読ませることができない。言葉の意味をわからせるために、次々と体系を教えこむと、それくらいかかる。もうこれ以上ふえたら、しようのないことになりますね。決していいことだとは思いませんが、欧米の文明というものは、そういうものだと思います。

小林　つまり数学はどういうふうになっているのですか。

岡　だから、すぐれた人が数学を知りたいとおっしゃっても、そのもとめに応じられぬ。

小林　数学の世界も、やはり積木細工みたいになっているのですか。

岡　なっているのですね。いま私が書いているような論文の、その言葉を理解しようと思えば、始めからずっと体系をやっていかなければならぬ。

小林　がちゃんとこわれるようになるのですか。

岡　こわれませんけれども、これ以上ふえたら、言葉を理解するだけで学校の年限が延びますから、実際問題としてやれなくなるでしょう。もういまが限度だと思います。すでに多少おそすぎる。大学まで十六年、さらにマスター・コース二年、十八年準備しなければわからぬ言葉を使って自分を表現しているといったやり方をこれ以上続けていくということは、それがよくなっていく道ではない。もういっぺん考えなおさなければいかぬと思います。

小林　それが数学は抽象的になったということですね。そういう抽象的な数学というものは、やはり積木細工のようなものですか。

岡　いろいろな概念を組合わせて次の概念をつくる。そこから更に新しい概念をつくるというやり方が、幾重にも複雑になされている。その概念を素朴な観念に戻しても、何に相当するのか、ちょっとわかりません。

小林 つまり、あなたならあなたの嫌いな数学というものがあるでしょう。その嫌いなものは嫌いなものとして育つのですか。ただの好き嫌いで、あなたはこういう数学はやるけれども、嫌いなほうの人は、また自分の数学をやっているわけでしょう。

岡 そうですね。

小林 それは伸びる見込みがあるのか。それは間違った道を行っているのですか。それはそれとして正しいものなんですか。

岡 いや、私はそうは思いません。けれども、自分の好きなものだけが正しいのだと言う勇気はありませんね。そんなことをいったら、身勝手でしょうね。しかし嫌いなもののうちに、それを数学にとり入れたら、数学の将来のためによくないと言いきれるものはあるでしょうね。そういうものだけで現在の私の好き嫌いができているとは思いません。私自身の好き嫌いと、いけないから嫌いだというものと、両方あると思います。私はやはり好きなことをやっておればできるという土地を選んできておりますから、嫌いなことはあまりしなくてもいいのです。それはよほどの選択の結果によるもので、どこをやってもそうなるものだとも思っていません。しかし、これはいけない、とり入れてはならないからやらなかったということは多いでしょうね。勇気を出して言うなら、私の嫌いなものをとり入れたら、数学はとてもうまくいかないだろうということは言えると思います。世界の知力が低下すると暗黒時代になる。暗黒時代になると、物のほんとうのよさがわからなくなる。真善美を問題にしようとしてもできないから、すぐ実社会と結びつけて考える。それしかできないから、それをするようになる。それが功利主義だと思います。西洋の歴史だって、ローマ時代は明らかに暗黒時代であって、あのときの思想は功利主義だったと思います。人は政治を重んじ、軍事を重んじ、土木工事を求める。そういうものしか認めない。現在もそういう時代になってきています。ローマの暗黒時代そっくりそのままになってきていると思います。これは知力が下がったためで、ローマの暗黒時代は二千年続くのですが、こんどもほうっておくと、すでに水爆なんかできていますから、この調子で二千年続くとはとうてい考えられない。徳川時代はずいぶん長いと思うけれども三百年です。このままだとすると、人類が滅亡せずに続くことができるのは、長くて二百年くらいじゃないかと思っているのです。世界の知力はどんどん低下している。それは音楽とか絵画とか小説とか、そんなところにいちばん敏感にあらわれているのじゃなかろうかと思うのです。音楽だって絵画だって、美がわからなくなっている。いまの音楽なんて、あれは肉体の本能の満足というようなものになってきていないか、南洋かどこか知りませんが、土人の踊りからとり入れたようなものです。

（「新潮」一九六五年十月）

科学的知性の限界

小林　私がいまうかがったことは、私なんか多少批評みたいなものを書いておりますと、言葉というものにつきあたるのです。ぼくは文学だけではなく、音楽も絵も好きです。音楽は音の世界をもっておりますね。その音の世界は、私は音楽家ではないから切実な経験がないわけでしょう。私は音楽について書くときには、それを言葉にしましょう。バッハの世界はこうであろうとか、言葉でそれをあらわしますね。最後には言葉にするわけです。

岡　言葉に直すのに、いかに苦心を払っていられるかということがわかります。小林さんの底にある、その苦心を払わせるものを私は情熱といっているのです。

小林　あなたもそうでしょう。絵から無明という言葉を思いつかれるでしょう。それは一つの批評ですわな。それがすぐわかるということは、言葉になってくるということですね。そうすると、数学の世界は、私には経験がないが、岡さん自身は文章を書いていらっしゃるでしょう。数学を研究なさりながら、一方で文章を書いていらっしゃる。

岡　文章を書くことなしには、思索を進めることはできません。書くから自分にもわかる。

自分にさえわかればよいということで書きますが、やはり文章を書いているわけです。言葉で言いあらわすことなしには、人は長く思索できないのではないかと思います。

小林　私がおうかがいしたいのは、そういう数をもととした科学の世界、そういう方程式の世界を、たとえばアインシュタインの考えていた世界はこういうものであると、言葉にすることはできないのかということです。

岡　なかなかできないでしょうね。できれば、だれかやっているでしょうね。

小林　それは数学の場合なら正確にあらわされるわけでしょう。この世界はこれこれこうだ、こうなって、答えはこう出るというふうに。そうしますと、たとえばベルグソンがアインシュタインと衝突したことがあるのですが……。

岡　ベルグソンとアインシュタインが衝突したのですか。それはおもしろい。知りませんでした。どういうふうに。

小林　その衝突には興味をもちました。ベルグソンに「持続と同時性」というアインシュタイン論があるのです。アインシュタインの学説というものは、そのころフランスでも、もちろん専門的な学者だけが関心をもっていたもので、ああいう物理学的な世界のイメージがどういう意味をもつかということは、だれも考えてはいなかった。はじめてベルグソンがそれに、はっきりと目をつけたわけです。

岡　おもしろいですね。

小林　それで批評したのですが、誤解したのですね。物理学者としてのアインシュタインの表現を誤解した。そこでこんどは逆に科学者から反対がおこりまして、ベルグソンさん、ここは違うじゃないかといわれた。ベルグソンはその本を死ぬときに絶版にしたのです。

岡　惜しいですね。それは本質的に関係がないことではないかと思いますね。

小林　ないのです。というのは、私の素人《しろうと》考えを申しますと、ベルグソンという人は、時間というものを一生懸命考えた思想家なんですよ。けっきょくベルグソンの考えていた時間は、ぼくたちが生きる時間なんです。自分が生きてわかる時間なんです。そういうものがほんとうの時間だとあの人は考えていたわけです。

岡　当然そうですね。そうあるべきです。

小林　アインシュタインは四次元の世界で考えていますから、時間の観念が違うでしょう。根本はその食い違いです。

岡　ニュートン以後、物理学でいっている時間というものは、人がそれあるがゆえに生きている時間というものと違います。それは明らかに別ですね。

小林　そこが衝突の原因なんです。

岡　そうですか。そんなところで衝突したって、絶版にする必要がないのに。

小林　だから、おれとおまえとは全然ちがうのだ、といってしまえばよかったのです。

岡　違った言葉でも、話していけば、わかるところがあると思いますがね。ニュートンの時間がすでにわからないのです。物理学として説明がつくということはわかりますけれど、ああいう時間は、素朴な心のなかにはないわけです。アインシュタインはそれを少しもじったともいえますし、そのままだといえるかもしれません。

小林　ニュートンにおける時間とか空間とかいう考えは、未《ま》だぼくらの常識として、普通の言葉で言ってわかるのです。日常経験の抽象化としての時空の観念だからでしょう。ところがアインシュタインまでになると、言葉にならなくなる。近ごろの波動力学までくると、もっと言葉にならない。たとえば言語学者のいう自然言語とか常識の言葉では、もう翻訳できなくなった。そうすると、そういう翻訳のできなくなったところに、科学が進歩してきたということは、どういうことなんですか。

岡　われわれの自然科学ですが、人は、素朴な心に自然はほんとうにあると思っていますが、ほんとうに自然があるかどうかはわからない。自然があるということを証明するのは、現在理性の世界といわれている範疇《はんちゅう》ではできないのです。自然があるということだけでなく、数というものがあるということを、知性の世界だけでは証明できないのです。数学は知性の世界だけに存在しうると考えてきたのですが、そうでないということが、ごく近ごろわかったのですけれども、そういう意味にみながとっているかどうか。数学は知性の世界だけに存在しえないということが、四千年以上も数学をしてきて、人ははじめてわかったのです。数学は知性の世界だけに存在しうるものではない、何を入れなければ成り立たぬかというと、感情を入れなければ成り立たぬ。ところが感情を入れたら、学問の独立はありえませんから、少くとも数学だけは成立するといえたらと思いますが、それも言えないのです。

最近、感情的にはどうしても矛盾するとしか思えない二つの命題をともに仮定しても、それが矛盾しないという証明が出たのです。だからそういう実例をもったわけなんですね。それはどういうことかというと、数学の体系に矛盾がないというためには、まず知的に矛盾がないということを証明し、しかしそれだけでは足りない、銘々の数学者がみなその結果に満足できるという感情的な同意を表示しなければ、数学だとはいえないということがはじめてわかったのです。じっさい考えてみれば、矛盾がないというのは感情の満足ですね。人には知情意と感覚がありますけれども、感覚はしばらく省いておいて、心が納得するためには、情が承知しなければなりませんね。だから、その意味で、知とか意とかがどう主張したって、その主張に折れたって、情が同調しなかったら、人はほんとうにそうだとは思えませんね。そういう意味で私は情が中心だといったのです。そのことは、数学のような知性の最も端的なものについてだっていえることで、矛盾がないというのは、矛盾がないと感ずることとですね。感情なのです。そしてその感情に満足をあたえるためには、知性がどんなにこの二つの仮定には矛盾がないのだと説いて聞かしたって無力なんです。矛盾がないかもしれないけれども、そんな数学は、自分はやる気になれないとしか思わない。そういうことは、はじめからわかっているはずのことなんですが、その実例が出てはじめて、わかった。矛盾がないということを説得するためには、感情が納得してくれなければだめなんで、知性が説得しても無力なんです。ところがいまの数学でできることは知性を説得することだけなんです。説得しましても、その数学が成立するためには、感情の満足がそれと別個にいるのです。人というものはまったくわからぬ存在だと思いますが、ともかく知性や意志は、感情を説得する力がない。ところが、人間というものは感情が納得しなければ、ほんとうには納得しないという存在らしいのです。

小林　近ごろの数学はそこまできたのですか。

岡　ええ。ここでほんとうに腕を組んで、数学とは何か、そしていかにあるべきか、つまり数学の意義、あるいは数学を研究することの意味について、もう一度考えなおさなければならぬわけです。そこまできているのです。みながそう感じているかどうか知りませんが、私はそう考えます。そういう注目すべき論文がとうとう出てきたんですね。

小林　それはどこで出たのですか。

岡　アメリカです。アメリカとかソヴェットは、度はずれた無茶を思い切ってやる。ふつうそんな二つの命題が矛盾しないということを証明してみようなどとは思いもしない。しかし感情的にはどうしても矛盾するとしか思えない二つの命題が、数学的に無矛盾であるということが証明できて、そういうエキザンプルができたのです。そういうエキザンプルが一つあれば、なるほど、知性には感情を説得する力がないということがわかります。はじめからわかっていることなんですが。

小林　もう少しお話し願えませんか。

岡　言葉の意味はおわかりにならぬでしょうが、一つ一つの意味はおわかりにならなくても、全体としておわかりになると思います。集合論で、無限にいろいろな強さ、(八)メヒティヒカイトというものを考えているのですね。その一番弱いメヒティヒカイトを(九)アレフニュルというのです。その次にじっさい知られているメヒティヒカイトはコンティニュイティ、(十)連続体のアレフといわれているものです。このアレフニュルとアレフとの中間のメヒティヒカイトの集合が存在するかというのが、長い間の問題だったのです。そこでアメリカの(十一)マッハボーイは、こういうことをやったのです。一方でアレフニュルとアレフとの中間のメヒティヒカイトは存在しないと仮定したのです。他方でアレフニュルとアレフとの間のメヒティヒカイトは存在すると仮定したのです。この二つの命題を仮定したわけです。どうしたって、これは矛盾するとしか思えません。それは言葉からくる感情です。ところがその二つの仮定が無矛盾であるということを証明したのです。それは数学基礎論といって、非常に専門的技巧を要するのですが、その仮定を少しずつ変えていったのです。そうしたら一方が他方になってしまった。それは知的には矛盾しない。だが、いくら矛盾しないと聞かされても、矛盾するとしか思えない。だから、各数学者の感情の満足ということなしには、数学は存在しえない。知性のなかだけで厳然として存在する数学は、考えることはできるかもしれませんが、やる気になれない。こんな二つの仮定をともに許した数学は、普通人にはやる気がしない。だから感情ぬきでは、学問といえども成立しえない。

小林　あなたのおっしゃる感情という言葉ですが……。

岡　感情とは何かといったら、わかりにくいですけれども、いまのが感情だといったらおわかりになるでしょう。

小林　そうすると、いまあなたの言っていらっしゃる感情という言葉は、普通いう感情とは違いますね。

岡　だいぶん広いです。心というようなものです。知でなく意ではない。

小林　ぼくらがもっている心はそれなんですよ。私のもっている心は、あなたのおっしゃる感情なんです。だから、いつでも常識は、感情をもととして働いていくわけです。

岡　その感情の満足、不満足を直観といっているのでしょう。それなしには情熱はもてないでしょう。人というのはそういう構造をもっている。

小林　そうすると、つまり心というものは私らがこうやってしゃべっている言葉のもとですな。そこから言葉というものはできてきたわけです。

岡　ですから数学をどうするかなどと考えることよりも、人の本質はどういうものであって、だから人の文化は当然どういうものであるべきかということを、もう一度考えなおしたほうがよさそうに思うのです。

小林　すると、わかりました。

岡　具体的に言うと、おわかりになる。

小林　わかりました。そうすると、岡さんの数学の世界というものは、感情が土台の数学ですね。

岡　そうなんです。

小林　そこから逸脱したという意味で抽象的とおっしゃったのですね。

岡　そうなんです。

小林　わかりました。

岡　裏打ちのないのを抽象的。しばらくはできても、足が大地をはなれて飛び上がっているようなもので、第二歩を出すことができない、そういうのを抽象的といったのです。

小林　それでわかりました。

（「新潮」一九六五年十月）

破壊だけの自然科学

小林　たとえばアインシュタインが物理学者としてある発見をする、発見はしたが順序立てて表現できていないものを数学者が表現してやるということが数学にはあるのですか。

岡　アインシュタインのしたことについて一番問題になりますのは、それまで直線的に無限大の速さで進む光というものがあると物理で思っていたのを、否定したのです。それを否定して、しかしいろいろな物理的な公理をそのまま残したのですね。ところが光というものがあると考えていたアインシュタイン以前では、そういう公理体系は近似的に実験し得るものだったのです。だから物理的公理体系だったのです。ところがアインシュタインは、在来の光というものを否定した。そうすると、仮定している物理の公理体系が残っても、実験的にはたしかめることのできないものに変ってしまったのです。物理的公理体系ではなくなったのです。これはなんと言いますか、観念的公理体系、哲学的公理体系というようなものに変ってしまいます。そういう公理体系の上に物理学を組み上げたことになったのですね。現在はその状態なんです。だから数学者はそれを問題にしているのですが、現在の公理体系を再び物理学的公理体系たらしめるにはどうすればよいか、そういうことが可能かという問題があるのです。ところが、それはできそうにもない。だから若い無茶の好きな数学者は、そういう準備もしておりますし、ことによるとそれは可能かもしれませんが、たいていの人はやろうともしていない。現在の物理学は数学者が数学的に批判すれば、物理学ではない。なんと言いますか、哲学の一種ですか。そんなふうな状態だから、それ以上立ち入って理論物理のことをやろうとしている数学者はあまりいないでしょう。早晩なんとかしなければならぬとは思うのです。しかし公理体系の上にいろいろなものを積み上げて、物理学という知的体系の無矛盾が知的に証明できただけではだめだということが、数学の例でわかっていますが、その知的に無矛盾というものを証明することが、すでに到底できそうもないこととして写っているのです。それはアインシュタインが光の存在を否定しましたから。それにもかかわらず直線というふうなものがあると仮定していろいろやってますね。物理の根柢に光があるなら、ユークリッド幾何に似たようなものを考えて、近似的に実験できますから、物理的公理体系ですが、光というものがないとしますと、これは超越的な公理体系、実験することのできない公理体系ですね。それが基礎になっていたら、物理学が知的に独立しているとは言えません。そこに物理学の一番大きな問題があると私は思います。たいていの数学者もそう見ているだろうと思います。まだ数学者と物理学者はお互に話し合ってはいませんが。

何しろいまの理論物理学のようなものが実在するということを信じさせる最大のものは、原子爆弾とか水素爆弾をつくれたということでしょうが、あれは破壊なんです。ところが、破壊というものは、いろいろな仮説それ自体がまったく正しくなくても、それに頼ってやったほうが幾分利益があればできるものです。もし建設が一つでもできるというなら認めてよいのですが、建設は何もしていない。しているのは破壊と機械的操作だけなんです。だから、いま考えられているような理論物理があると仮定させるものは破壊であって建設じゃない。破壊だったら、相似的な学説がなにかあればできるのです。建設をやって見せてもらわなければ、論より証拠とは言えないのです。だいたい自然科学でいまできることと言ったら、一口に言えば破壊だけでして、科学が人類の福祉に役立つとよく言いますが、その最も大きな例は、進化論は別にして、たとえば人類の生命を細菌から守るというようなことでしょう。しかしそれも実際には破壊によってその病源菌を死滅させるのであって、建設しているのではない。私が子供のとき、葉緑素はまだつくれないと習ったのですが、多分いまでも葉緑素はつくれない、葉緑素がつくれなければ有機化合物は全然つくれないのです。一番簡単な有機化合物でさえつくれないようでは、建設ができるとは言えない。いまの機械文明を見てみますと、機械的操作もありますが、それよりいろいろな動力によってすべてが動いている。石炭、石油。これはみなかつて植物が葉緑素によってつくったものですね。それを掘り出して使っている。ウラン鉱は少し違いますけれども、原子力発電などといっても、ウラン鉱がなくなればできない。そしてウラン鉱は、このまま掘り進んだら、すぐになくなってしまいそうなものですね。そういうことで機械文明を支えているのですが、やがて水力電気だけになると、どうしますかな。自動車や汽船を動かすのもむつかしくなります。つまりいまの科学文明などというものは、殆《ほとん》どみな借り物なのですね。自分でつくれるなどというものではない。だから学説がまちがっていても、多少そういうまじないを唱えることに意味があればできるのです。建設は何もできません。いかに自然科学だって、少しは建設もやってみようとしなければいけませんでしょう。やってみてできないということがわかれば、自然を見る目も変るでしょう。

こういうことはニュートン力学あたりに始まるのですが、ニュートンは、地球からいうなら太陽の運動、その次は月の運動、それくらいを説明しようとして、ああいうニュートン力学を考え出し、そこで時間というものをつくって入れたのです。ああいう時間というものだって、実在するかどうかわからないが、ともかく天体を見てああいうことを考えているうちに、地上で電車が走るようになったというふうで、おもしろい気がします。しかしその使い方は破壊だけとはいえなくても、少くとも建設ではない。機械的操作なのです。

しかし、人は自然を科学するやり方を覚えたのだから、その方法によって初めに人の心というものをもっと科学しなければいけなかった。それはおもしろいことだろうと思います。人類がこのまま滅びないですんだら、ずいぶん弊害が出ましたが、自然科学によって観察し推理するということは、少し知りましたね。それを人の心に使って、そこから始めるべきで、自然に対してももっと建設のほうに目を向けるべきだと思います。幸い滅びずにすんだらのことですが、滅びたら、また二十億年繰り返してからそれをやればよいでしょう。現在の人類進化の状態では、ここで滅びずに、この線を越えよと注文するのは無理ではないかと思いますが。しかし自然の進化を見てみますと、やり損いやり損っているうちに、何か能力が得られて、そこを越えるというやり方です。まだ何度も何度もやり損わないとこれが越えられないのなら、そうするのもよいだろうと思います。しかしもしそんなふうなものだとすると、人が進化論だなどといって考えているものは、ほんの小さなものので、大自然は、もう一まわりスケールが大きいものかもしれませんね。私のそういう空想を打消す力はいまの世界では見当りません。ともかく人類時代というものが始まれば、そのときは腰をすえて、人間とはなにか、自分とはなにか、人の心の一番根柢《こんてい》はこれである、だからというところから考え直していくことです。そしてそれはおもしろいことだろうなと思います。

小林　数学者はいまの物理学をそういう態度で考えているのですか。

岡　大きな問題が決して見えないというのが人類の現状です。物理でいえば、物理学的公理が哲学的公理に変ったことにも気づかない。

（「新潮」一九六五年十月）

ふるさとを行く

民族の情緒の色どり

私は『週刊朝日』から、一度郷里へ帰って、感想を書いてくれないか、と頼まれた。

やはらかに柳あをめる北上《きたかみ》の
岸辺目に見ゆ泣けとごとくに（啄木）

私はとうていそんなに強く感受できないが、ともかく、ふるさとはなつかしい所となっている。そしてそのなつかしさの情操は、人の世をささえるたいせつな基盤である。それで、この情操にさまざまの具体的な形を与えようというのであろう。
明治の初頭に、日本はぐずぐずしていると滅ぼされるかもしれないという恐怖から、西洋の物質主義を無批判に取り入れた。以後日本人は、この物質主義の水の中に住み続けている。今の日本人は、初めに時間・空間というものがあって、その基盤の上に自然があって、自然の一部が自分の肉体すなわち自分である、いっさいはこんなにもはっきりしていて、これでいっさいの説明がつく、としか思えないらしい。これを物質主義といっているのである。

物質主義だから、人は肉体が死ねばそれきりだとしか思えない。皆そう思って、そのつもりで人生の計画をたてている。本当は僅々《きんきん》七十年ぐらいでできることなんか何一つないのだが、無理に勝手な理屈をつけて、計画がたったといっているのである。

しかし明治以前の日本人は、死ねばそれきりなどとは思っていなかったのであって、この一生をながい旅路の一日のごとく思っていたのである。そして私もそう思っている。それで、この点についてはそのつもりで聞いてほしい。

私は本来の日本人は、共通な情緒の色どりを持っていると思っている。これが日本的情緒であって、その人の情緒の基調がそれと一致すれば本来の日本人だというのである。他のものはいっさい問わない。

ところで、この日本的情緒ができあがるには、少なくとも十万年ぐらいはかかっただろうとしか思えない。そうすると、当初はまだ日本列島なんかできていなかったにきまっている。芥川は『神々の微笑』のなかで、たかみむすびの神かなんかに、「私たちは世界の夜明けを見た神々だから」といわせながら、終始日本列島に住んでいたかのごとく書いているが、明らかに間違いである。

そうすると私たちは、もろともに、地球上を幾回りもしたということになる。どこをどう経《へ》めぐったのであろうと思って非常に知りたいし、その土地土地へ行ってみたいと非常になつかしいのであって、これが本当のふるさとなのであるが、足跡は杳《よう》として尋ねるべくもない。しかし、二地点だけはわかるように思う。

その一つはシンガポールであって、最後に、この辺を通って北上したに違いない。数千年前のことだと思う。

その前しばらく南方の島々を経めぐっただろうと想像される。そうしているうちにいつのまにか日本人のこころを自然教の中に閉じこめてしまった。芥川のいうように、「日本の神々はせせらぎの中にもおれば、夕月の中にもいる」のだから。よく似ているから、いつの世にもわからないものが大勢寄って、そうしてしまうことは避けられなかったのであろう。そうしてできあがったのが今日の神道だと思う。日本人のこころそれ自体に名がつけたければ、古神道とでもよぶのがよいのではなかろうか。これは本性何であるかといえば、そこから生まれてきて、そのとおりに行為し、またそこへ帰っていくのだから、道元禅師のいう、正法眼蔵涅槃妙心《しょうぼうげんぞうねはんみょうしん》のようなものである。

なぜ私がシンガポール近辺を通ったに違いないとしか思えないかといえば、そこへ行ったとき突然、強烈ななつかしさの情に襲われたからである。雷電のごとく強烈きわまりなく、とてもこれがなつかしさだという色どりのわかるようなものではなかった。古神道の色調が知りたければ、その人を選んでその行為を見るのが早い。それで私は『月影』に「日本民族列伝」を書いたのである。

第二の地点は黄河の上流である。私たちがここにいたのは数万年前のことだと思う。私はすべての変わるもののなかで、一番変わらないのは民族の情緒の色どりだと思っている。ところで支那の上代は、それが日本とまったく同じなのである。それで日本民族が二つに分かれて、一部はそこにとどまって後に堯舜《ぎょうしゅん》の世をつくり、私たちは南下したのだろうと思う。黄河というのはイネをつくっていただろうと思うからである。

「日出でて耕し、日入りて憩う。帝徳いずこにありや」

「舜四門に礼す、四門穆々《ぼくぼく》たり」

「七絃の琴を弾じ、南風のうたをうたう」

などといううたを聞いていると、当時が思い出されるような気がしてなつかしい。違うのは堯舜の位の譲り方だけかもしれない。

人は、生まれて八か月くらいたつと、ときどきひどく変わった目の色をするようになる。なんだか遠い昔を思い出そうとするような、ひどくなつかしそうな目の色をする。情緒が

はっきりと動き始めているのである。このあとだんだん情緒的に森羅万象がそなわってい
って、その人の中核ができあがるのであろう。
ところで、なつかしいのは思い出がなつかしいのに違いないのであるが、だいぶ遠い昔
のことでないとなつかしいという色どりは出ないようである。私は、前にシンガポールの
渚《なぎさ》に立ったときと、最近伊勢の内宮に額《ぬか》ずいたときと、二度ひどくなつかしいと思った。
よく、大和はなつかしいでしょうと聞かれるが、千年ぐらいではまだひどく色どりが淡
くて、これもなつかしさの一種には違いないが、親しいというのが当たる。生まれてから
のものはどうかというと、これは印象がなつかしいのである。その土地がなつかしいので
はない。だから、ふるさとを経めぐってなつかしさを拾い集めようというのは、ニュート
ンのいう、大海を背にして貝殻拾いをしようというようなものである。しかし熱心にすす
められたから、行ってみることにした。

大きな景観をもつ紀見峠

十月のなかごろ、奈良の新薬師寺から、朝日新聞社の車に乗った。同行は妻と社の方と
の二人、空は薄青く晴れていた。

車は大和路を南に走る。まさしく親しいという色どりである。両側に低い山並みが続いている。田は黄色くなっている。ススキが穂に出て、名の知らぬ野草が黄色い花を穂形につけている。ほかに花はない。

車はやがて吉野川の岸に出た。このあたりにはだいぶ花がある。車は川に沿って下る。すぐに奈良県を出て和歌山県にはいる。川の名は紀ノ川に変わる。そこが橋本市《はしもと》といって私の里である。花はいっそう多い。特にコスモスがきれいである。

川は昔のように澄んではいない。大阪市が砂利を取るからである。その川を南に渡って少し上ると「紀の川苑」という旅館がある。そこでいっしょに昼食をとった。ここからは写真をとる方もいっしょである。

ここは見晴らしがよい。北を向くと、すぐ目の前に紀ノ川が流れ、少し隔てて葛城山脈が走っている。後ろは高野《こうや》山に続く一帯の山地であるはずだが近過ぎて見えない。ここから見ると葛城山脈のちょうど真向かいの所は非常に低くなっている。そこを紀見峠といって、やはり橋本市のなかなのだが、私の郷里である。私は大阪市で生まれ、数え年三つの終わりごろこの紀見峠に移り、小学二年のときまた大阪市に移り、小学六年の初めからまた峠に住み、高等小学一年から粉河《こかわ》中学へはいったからそこの寄宿舎へ行き、中学四年の終わりごろから峠から通い、三高へはいって京都へ去ったのであって、以後、峠には住んでいない。こんなふうに紀見峠と私との関係は、そこに住んだりそこを去ったり、しばしばしたのであるが、夏休みはたいてい峠の家で過ごした。

車は真北に向かって走り始める。紀見峠へはここから二里ほどである。

私と妻とは、一里あまり来た所で車を止めてもらった。ここは慶賀野《けがの》といって、今は橋本市にはいっているが、以前は紀見村のなかであった。紀見峠も紀見村にはいる。私たちは日支事変のなかごろから終戦後四年ぐらいまで、この慶賀野に住んだ。そのころ、たいへんに親切にしてくれた老婦人が、いま中風で寝ていると聞いたから、それを見舞うためである。

終戦直後は大変な食糧難であった。その食糧は大阪の人ならばたやすく買えるのであるが私たちはなかなか買えなかった。村の旧家には高く売れないし、高く売りたい心は押えられないしするものだから、あってもないというのである。十三軒尋ね歩いて、やっと、豆を少し分けてもらったことがある。

そんななかで、ある日雑炊《ぞうすい》を炊《た》いていると、この婦人がはいってきて、だしぬけに鍋の蓋《ふた》を取った。見ると野菜といえばサツマイモの葉とカボチャの花とだけである。

「まあ、かわいそうに、うちの牛でももっとよいもの食《く》とら。分けて上げるわい。おいで」

ちょっとこんなふうであった。

案内されてはいって見ると、静かな奥の一間のきれいな布団に寝かされている。障子には午後の日差しが静かにあたっている。見ると以前の面影《おもかげ》はどこにもない。

人の顔つきは固定してはいないのである。私は人の中核は無形の森羅万象だと思っている。私はそれを情緒と呼んでいる。それがたぶん、情緒の中心によって顔つきとして表現せられるのであろう。だから変わるはずではあるが、それにしてもこんなにも変わるとは。日本は終戦後、教育を変えてしまった。そのため児童、生徒、学生（なんというわずらわしさ）の顔つきが変わってしまった。今ならば見ればわかるのだから、このきわめてたいせつな事実を見のがさないようにしてほしい。

車は峠の麓まで来て止まる。そこが橋本小学校といって、私の母校である。敷地だけは同じであるが、あとはみな変わってしまっている。しかし周囲の景色は昔のままである。

子供たちが三々五々走って来て出迎えてくれた。よい顔をしている。

応接室には私の写真がかけてくれてある。頼まれて四・五・六年の人たちに話した。子供たちは食い入るような目で聞いてくれる。

「日本人は親切で勤勉であればよろしい。親切というのは、人のこころ、わけても人の悲しみがわかることです。勤勉というのはたとえば、あなたがたが算数をやるとしますと、算数を熱心にやることです。できふできではありません。親切で勤勉な人がえらい人なのです」

峠を上るにしたがって景観が開けてくる。南に大和アルプスの連峰が見えるのである。

こういう所で育ったから、私は数学でも景観の大きい論文や問題が好きである。

両親、祖父母の面影

峠の北の端が大阪府との境になっている。まずそこの親戚を尋ねて、墓参するために少し上にある旧道へ上った。上り着いた所に一本の松がそそり立っている。樹齢は私には千年ぐらいに見えるのだが、実際はどうだか知らない。この松が私の家の東北の隅だったのだが、今は家の周辺は深く切り下げられて新道になってしまっていて、面影は何もない。それでしばらく私の思い出を素描しよう。

夏休みが終わって京都へ帰るとき、いつも門の所に、祖母、父、母が並んで見送ってくれたものである。その面影が浮かぶ。紛雪のさらさらと降る夜に、微分方程式の問題を解いている私の部屋の隅に、そっと菓子盆を置いていってくれた父の顔が浮かぶ。一日中働いて眠いのを辛抱していっしょに遊んでくれた母の顔が浮かぶ。

小さいとき、アサガオの花に、種の見分けがつくように私といっしょに紙片をつけて回った祖母の顔が浮かぶ。そのころもう中風だったのだが、正月にはいつも俳句を書いたのを持ってきて、その席で皆にそれを見せた祖父の顔が浮かぶ。俳句の右肩にはいつも小さく、乞斧鉞《ふえつ》と書いてあった。
この家の西側は小高いミカン畑になっていた。その空地にキクが昔植えられたままはえていた。小学六年の秋、足をけがして学校を休んでいた私は、くる日もくる日もそこにすわりこんで、つぼみの黄にふくらんでいくのを見て楽しんだものであった。そこへ行ってみたいのだが削られてしまっている。

「家なくてただ秋の風」

家の南側から西に向かって小道がついていた。その左側にはカキの木があった。私は捕虫網を持って胸をときめかせてその坂を上った。そこを上るとほうぼうにチョウのよく来るクヌギの木があって、きょうはどんなきれいなチョウが来ているかもしれないからである。その坂道もカキの木も今はない。どうしてこんなことになってしまったかというと、戦争のとき、軍部は海から砲撃されない道がいるといって、強引に道をつけたからである。
坂道を上ってだいぶ行くと、山の間に山畑があって、その奥まった所にクヌギの木が一本あった。小学六年の梅雨明けのある日、この木にオオムラサキがとまっていた。閉じていた羽根をおもむろに開くと、紫の光が実に美しく輝いた。私は、はっと息をのんだものである。あのクヌギの木だけはまだあるかもしれないと思って、ずいぶん行ってみたかったのだが、かなり遠いから同行の人たちが迷惑するだろうと思って辛抱した。

ここまで来て初めてなつかしさにひたることができたのであるが、これは多分見られないからなつかしいのであろう。物質主義の水の底に沈んでしまうまでの日本の風光がなつかしいのも同じ理由によるのであって、民族的な情緒はこうして定着されていくのかもしれない。それならば、やがて住みなれた村がダムの底に沈む村人たちも嘆かなくてもよいのである。

　ふるさとは家なくてただ秋の風

墓へ上る道には野菊が咲いていた。父母の墓は、夫婦墓なのであるがかなり小さい。私はこれを建てるお金がなくて、父の死後十七年たって建てたのであった。

その後三軒、親戚を尋ねた。最後の家は私の母の里であったし、子供に対して開放的でもあったから、いろいろ幼い日の思い出が残っている。この家の息子さんはわざわざ小学校まで出迎えてくれ、その後ずっとついてきてくれたのである。奥の一間に通されて主人の話を聞いた。私の従兄《いとこ》で少し年上だったから、当時のガキ大将であった。聞いたところを手短にいうと、このごろは住民の暮らし方も、子供の遊び方も、まったく変わってしまっているということである。

宿に帰ると、紀ノ川がまっかに夕映えて、実に美しかった。

夜、この近くに住む親しい人たちが尋ねてきてくれてうれしかった。

翌日は小林市長をお尋ねした。私は橋本市の名誉市民にしてもらっているのであるが、年に二度ぐらいは私を尋ねて来てくださるのである。アメリカふうの計画もこの市長さんの口から聞くと私の耳にこころよかった。

これでわかった。日本の神々はこのやり方で、この国にはいってくるものをすべて日本化してしまうのである。これで安心した。今度はせせらぎや夕月は使いにくいがと思って心配していたのである。

市長さんのご案内で庚申山という小高い丘に建っている祖父の頌徳碑《しょうとくひ》を見た。祖父はこの業績を背に負うて、「自分をあとにして、ひとを先にせよ」という戒律を私に徹底的に守らせたのである。

それから高野山を見せてもらって奈良へ帰った。

なつかしさの貝はとうとう一つも拾えなかったが、これは初めから計画が無理であった。一度霧島神宮へお参りしてみよう。そこならばなつかしさにひたれるかもしれない。

（「週刊朝日」一九六六年十一月二十五日号）

愛国

あなたがたはきょうからこの国の、ひとり立ちの国民の一人になられました。誠におめでとうございます。

この佳《よ》い日に、私があなたがたに何を一番望むかと申しますと、あなたがたも私たちのように、この日本の国を愛してほしいということです。

ところで、国を愛するというのはどういうことでしょうか。私自身をみますと、私はこの国が大変好きです。国を愛するというのは、国が好きになるということらしい。では私はこの国のどういうところが好きなのでしょうか。それをいおうとするとまず説明しなければならないことがあるのでして、それから始めることにしましょう。

自分とは何でしょうか。これはちょっと考えるとわかり切っているようにみえます。自分とはこのからだとその機能とのことである。しかしかような物質的な説明では、自分という不思議なもののうわっつらしかわからない。「自分」とは何であるかについてご一緒にもう少し深く調べてみたいと思います。

人が普通自分と呼んでいるものは、次の三つの要素から成り立っていることがわかります。

一、主宰者、二、不変のもの、三、自己本位のセンス。

一についてですが、私は今すわっている。私は立とうと思う。私は立ち上がる。これは私が私の全身四百余の筋肉をとっさに主宰したから立ち上がれたのです。フランス人デカルトは、十七世紀に『方法序説』（岩波文庫）で「我《われ》考う、故《ゆえ》に我あり」といっていますが、この我は主宰者の意味です。

二についてては、私は自分の本質はものごころのついたころと今と全く変わっていないと思います。創作を見ましても、漱石は漱石、芥川は芥川、井上靖は井上靖で、どの作品を見てもその人の本質は不変だという気がします。十九世紀にドイツ人フィヒテが『全知識学の基礎』でいっている「自我にわかるのは自我だけであって、非我はわからない」の自我は、この不変のものの方向のものを指していると思います。

三についてですが、人は、このからだ、この感情、この意欲等といえばすむところを、わざわざ自分のからだ、自分の感情、自分の意欲等といっています。この自分のという形容詞にはどういう内容が盛られているでしょう。虚心坦懐に自分の言葉を聞くことのできるほどの人ならば、決してこの自分のという言葉のうちにこもる、妖《あや》しげな、自己本位的な響きを聞きもらすことはないでしょう。なおよく調べますと、この自己本位的なセンスは本能からきているものであることがよくわかってきます。

人は生まれて四十日くらいで目が見えます。それが六十日くらいになるとふたいろの目を使い分けます。赤ちゃんはお母さんに抱かれているとして、お母さんを見るときは見える目で見、他人を見るときは警戒して見る目で見ます。この見る目の主人公がこの本能なのでして、こんなにも早く出てくるのです。赤ちゃんが大きくなるとともに、この本能はだんだん前面におし出して来て、早生まれとして数え年五つにもなれば自分のからだ、自分の感情、自分の意欲を意識するようになって、自他の別をはっきり意識します。

ところが、私は数学の研究を天職にしているのですが、私が研究に没頭していますときは、かような「自分」は全く意識していないのです。数学の研究ぐらいで消えてしまう自分が本当の自分であるはずはありません。これは本能があると思わせるのです。

この本能を仏教では無明《むみょう》といい、かような自分を小我といいます。一、二が本当の自分です。これを真我ということにしましょう。

真我の働きは主宰することです。主宰者の位置は常に対象のところにあります。自分が対象であるときは自分が自分ですが、他人が対象であるときは他人が自分です。自然の一部が対象であるときはその部分が自分。抽象的な問題が対象であるときはそれが自分です。

真我の本質は不変のものであって、これは固有の生命のメロディーのようなものです。

無明は大脳前頭葉の抑止力を働かせると、抑えてしまうことができます。そうすると、自己本位的な自分である小我は消えます。研究のとき私はそうしているのです。無明を全く抑止しないでおくと、限りなく恐ろしいことになります。あなたがたはささいな感情のため面当《つら》てに家出して鉄道自殺をした少年の話をご存知でしょう。自分の意欲、自分のからだとなれば例はいくらでもあります。人は皆無明という限りなく恐ろしい爆弾を抱いているのだという事実を私たちはぜひ知っていなければなりません。

さて、なぜ私はこの国が大好きかということですが、この国で善行として人がもてはやしている行為は全く真我的であって無明の片影も認められないのですが、私は何よりもそれが好きなのです。実例を少しお話ししましょう。

応神天皇にはお子たちが大勢おいでになりました。その長兄が後の仁徳天皇、末弟は宇治にお住まいでしたから、菟道稚郎子《うじのわきいらつこ》と呼ばれておいでになりました。

仁徳天皇は大変お情け深くて、世の中を非常によくお治めになった方です。菟道稚郎子は学問が大変よくおできになりましたから、父天皇も大いに望みをよせて、こういう子に世の中を治めさせるとみんなの幸福であろうとひそかにお考えになっておられました。

ところが、応神天皇は突然お崩《なくな》りになりました。先帝のお志を薄々知っていた人民たちは宇治へご即位のお祝いに行きますと、弟皇子は長兄こそ生来情け深く適任であるうえ、長幼の順からいっても至当であるといわれました。それではというので兄皇子の住んでおられた大阪に行きますと、末弟こそ学問がよくできて適任であるうえ、父天皇のおぼし召しもそこにあったといってご即位を肯《がえ》んじられません。また宇治に行き、また大阪に行きしているうちにとうとうお祝いのお魚が腐り始めました。これをご覧になった弟皇子は、自分さえいなければみんながうまくいくのだとお考えになって、静かにご自害しておしまいになりました。

何だか澄み切った生命のメロディーを聞くような気がするでしょう。これを聞き伝えた人たちは、皆粛然としてえりを正しただろうと思います。

お名前は忘れてしまったのですが、昭和にはいって亡くなられたある偉い禅師様がありました。その方が仏道の修行に志して家を出ようとされたとき、お母さんはまだ小さい子どもだったその方にこういわれました。

「お前が成功して世にもてはやされるようになったら、私のことなんか忘れてしまってもかまわない。しかし、もし失敗して誰も相手にしてくれないようになったら、その時こそ私のことを思い出して私の所へ帰っておいで。私だけは決してお前を見捨てないから」

それから三十年たちました。禅師は立派な悟りを開いて世に高名な禅師になられました。

そうしたある日、郷里から使いの人が来てこういいました。お母さんもだいぶお年を召して、このごろではずっと床につき切りという有様ですから、一度帰ってあげてください。禅師様はすぐにお帰りになりました。お母さんはその顔を見てこういわれました。

「私はこの三十年というもの、お前に一度の便りもしなかった。しかしお前のことを思わなかった日は三十年間一日もなかったのだよ」

私はこの話を聞くたびに涙が流れました。ここにも澄み切った生命のメロディーが聞かれるような気がしますでしょう。

私はこういう善行をたたえるこの国がらが大好きなのです。

こういうことをいい添えると功利的に聞こえるかも知れませんが、事実だからいうことにします。

人のすぐれた働きはすべて真我の主宰者としての働きからくるのでして、小我はその邪魔しかしないのです。小我が表面に立って主宰者顔をすると、ものごとは決してうまくいきません。一例をあげますと、スポーツでよくたいせつなときにかえって固くなって思わぬ失敗をすることがあるのは、小我が自分になっているからです。小我を抑止して無我の状態にあればこういうことは決してなく、よく平生の真価を発揮することができます。このことは、知・情・意のすべてにわたってそのとおりです。

真我の知的な働きは純粋直観です。純粋というのは五感や理性を通さないという意味です。私は西洋の文化はインスピレーションがもとになっていると思いますが、インスピレーションの本体はこの純粋直観です。フランスの数学者アンリ・ポアンカレーは、その著『科学と方法』（岩波文庫）に数学上の発見の一章を設けて、数学上の発見がいかにして起こるのか全く不思議であるといっていますが、私もたびたび経験してよく知っていますが、この純粋直観によるのです。

主宰者の働きの情的内容は心の喜びです。数学の研究のときは二種類の心の喜びがあります。一つは生命の充実感、今一つは発見の鋭い喜びです。私たちはこの二つを心の糧《かて》として研究にいそしんでいるのでして、この糧がなければ、物質的には全くむくいられない研究等、とうていながく続けられるものではありません。あなたがたはアルキメデスの話を知っているでしょう。アルキメデスが金の王冠を切り割らないで底まで金であるかどうかを知るにはどうすればよいかという問題に日夜関心を持ち続けていたとき、ふろにはいると湯がザーッと溢れた。アルキメデスはわかったといって、嬉しさのあまり我を忘れて街を裸で飛んで帰った。これが発見の鋭い喜びです。

松の実が運悪く大岩の上に落ちたと思ってください。松は少しだけ細い根を岩の中におろします。冬になるとその穴のなかの水が凍って膨張して岩を少し破ってくれます。そのため小松は翌年はも少し深く根をおろすことができます。そうしますと冬になるとまた水が手伝って、も少し破れ目を大きくしてくれます。こんなことを何年も何十年も繰り返しますうちに、ついにはさしもの大岩も二つに割れて松は大地に根をおろします。数百年も経てば亭々たる大木になります。この松が大岩に根をだんだん深くおろすにも似た強靭な意志力は真我の働きによってでないと得られません。

これくらいにして話をもとにもどしますが、あなたがたは、この日本の国は昔から真我的な人をたたえる国がらであることを知って、このよい国を好きになってください。

（「成人の書」一九六五年版）

生命の芽

〝生命とは何ぞや〟ということがいわれていますが、また、そうまでもいわずに、よく、生命という言葉を使っています。実は内容については少しも知らないで、いままで、よく生命と軽く言っているような気がします。

心臓の鼓動は生命だと思っていました。ところが、心臓の鼓動は物質の動きにすぎません。かなり構造の複雑な物質であって、かなり複雑な運動であるというだけ、ひっきょう、物質運動です。

「生きる」ということを小さな子供に教えるとき、たとえば、みみずは生きているというふうに教えるが、実はあれは物質が運動しているのです。それではどんな例を使ったらよいかというと、冬枯れの季節、野の中にあって、大根畑だけが緑色に生き生きしている……これは大根畑が生きているわけです。生きるとか生命とかいうのは、こういう意味なのだということが、今度初めてわかりました。

それで、人として一番大事なことは、どの時期であるにかかわらず、何をやっているにかかわらず、生命の芽を緑色に生き生きさせておくことです。

それには、どうすればよいか、二つあると思うのです。一つは、その芽が蝕《むしば》まれたり塵がかかったりしないようによく学ばなければなりません。もう一つは絶えず水をやらなければなりません。それを守るにはどうしたらよいかということになりますが、理想的には人の悲しみがわかる心で守るのが一番よいと思います。この心は、非常にきめが細かいからたいていのものは通しません。守る、ということは、外から守るばかりでなく、自分の内から出るのも守らなければならないのです。ちょっと、この心でなければ十分守れません。

しかし、人の悲しみがわかるということを、詳しく申しあげますと、自分と人との区別がわかるようになるには、四月生まれだとすると、かぞえ年五つくらいで、子供が生いたつとき、いろいろのものがわかっていきますが、そのとき、ものによって非常に遅速があります。

自分のことはわかっても、人のことは容易にわかりません。人のもののうちで、他のものは比較的よくわかりますが、人の感情は容易にわかりません。また感情によって、喜びはわかるが、悲しみはわかりません。人の喜びは、かぞえ年五つでややわかる。しかし人の悲しみが一応わかるのは小学校の三・四年です。しかし、この際わかるという言葉の内容ですが、十分わかるということは、人が悲しんでいるから自分も悲しくなる、悲しくなることがわかると自分も悲しくなるということです。そこまでわからなければ不十分です。そこまでわかるのは旧制高等学校のころからで、十代では、とってもできません。だから本当の膜によって生命の芽を守るにも、その年ごろのあとでなければなりません。で、それまで仮の被膜で守ってやらなければなりません。

どうすればよいかというと、自分と人との区別ができるようになると自分を先にとって人をあとにまわすという本能があります。

これを抑えて、人を先にして、自分をあとにするというしつけをすればよいのです。それが道義の根本なのです。それによって、所詮人の悲しみがわかるようにならなければ不十分です。それによって、その年ごろまでの間その芽を保護することになります。でなければ自分を先にとると、自我というのはだいたい、大脳前頭葉だと思いますが、白人は、あれが自分だと思っています。日本人は情緒の中心を自分だと思ってきました。

自我を自分だということにすると、自分を先にしてしまいます。そうすると仮の被膜はできなくて、その結果、自分から出る悪い虫、だいたい、動物性ですが、いくらでも、これが繁殖して緑の芽を蝕みます。

芽をどう保護するかということですが、水をやるということは、どういうことかというと、これは子供を育てるということを重くみて、子供の生命の芽が生き生きとなるには、どうすればよいかというと、何でももののよさを知らせることだと思います。

もののよさを分けて、真、善、美といいます。どれでもいいのです。みなあればなおさらいいと思います。先人たちの学問とか芸術とか、あるいは直接の行為によってなされたよさを教えてやればよいのです。

実際考えてみると、明治以来だんだんものの良さがわからなくなってきています。近ごろ、真、善、美という言葉もほとんど聞きません。これでは芽もひからびてしまいます。

自我を自分だと教える新しい教育はやめてもらいたいと思います。

（「川島」五号）

物質主義は間違いである

今の日本人は大抵皆こう思っている。始めに時間空間というものがある。画を描くとき始めに画用紙があるようなものである。その時間空間の中に自然がある。自然は物質である。その一部が自身の肉体、これももちろん物質である。その肉体とその機能とが自分である。かように基本的なものは皆物質によって言い表わすことが出来る。だから物質によって言い表わしたもの以外は充分な説明ではない。こんな風にしか思えないのである。

今の日本人は大抵、人は皆こんな風な自然の中に住んでいると思っている。しかし明治までの日本人はこんな風な自然の中に住んでいるとは思っていなかった。ではどう思っていたのかというと仏教が言うような自然の中に住んでいると思っていたのである。仏教はこう言っている。始めに心がある。その中に自然があるのだ。仏教はどういう論法でそう言うのかといえば、人が自然があると思うのは自然がわかるからである。わかるのは心の働きである。だから自然は心の中にあるというのであって、一応認識的である。

そうすると今日本には、人が現にその中に住んでいる自然について二説あるわけである。

一を物質的自然、他を仏教的自然と呼ぼう。私たちはどちらが間違っているかを出来うれば理性的にきめなければならない。そのため身辺のことをよく見直してみよう。

私は今眼を開いている。そうすると景色が見えている。眼をふさげば見えない。この眼をふさげば見えないというのは物質現象である。これはよくわかる。しかし眼をあけると見えるのはこれこそ生命現象であるが、なぜ見えるのだろう。これについて西洋の学問は何も教えてくれない。この方面を受け持っている西洋の学問は自然科学、さらに詳しく言えば医学である。医学は見るということについては、視覚器官という道具がからだにあって、そのどこかに大きな故障があれば見えないと言っているだけで、故障が無ければなぜ見えるかについては一言半句も言っていない。即ちこれもまた物質現象の説明であって、眼をふさげば見えないというのと同じである。それでは眼をあければなぜ見えるかということについて人は知らないこと太古のままなのかと言えば、先程もちょっと言ったように、仏教はくわしく説明しているのである。

人が普通経験する知力は理性のような型のものである。その特徴は二つある。一つはその働かし方であって、働かそうと思わなければ働き始めないし、その後も努力し続けなければ働きつづけない。つまり意識的にしか働かない。今一つはそのわかり方であって少しずつ順々にしかわかって行かない。しかしたとえば仏道を修行するとそうでない知力を体験する。無意識裡に働き、一時にぱっとわかる。仏教はかような知力を無差別智といっている。私たちが肉眼を使って色々なことをするように仏道の修行は無差別智を使ってする。そうすれば無差別智がますますよく働くようになる。それで非常な高僧には無差別智が非常によく働いたのである。そんな高僧はごく稀にしか出ないが、それでも仏教が日本に伝わってから千四百年にもなるから、相当数非常な高僧が出ていて、無差別智のことはくわしく書き残されている。真言宗だけは別であるが、仏教の他の諸宗は無差別智をその働き方によって四種類に分かっている。これを四智というのである。その名称をあげると、大円鏡智、平等性智、妙観察智、成所作智である。

眼をあけると見えるのは四智が皆働くのである。見えるのは一つの情景が見えるのである。これは大円鏡智の働きである。部分部分をよく見れば色形がはっきりわかる。これは成所作智の働きである。その情景が実際あるとしか思えないのは平等性智の働きである。この智力は存在感を与えるのである。じっと見ていると自分の心がその情景の色どりに染まる。これは妙観察智の働きである。

眼をあけると見えるのはこの無差別智が働くのである。働かせているという意識は無いし、効果も一時にぱっとわかってしまって、何かの効果だということがわからないからただ不思議に思うのである。

私たちの身辺のことは知覚作用と運動作用とに区別されている。知覚作用の第一は見ることである。これは無差別智の働きであった。他のものも大体似たものであろう。それで次には運動作用を見よう。

私は今座っている。立とうと思う。そうするとすぐ立てる。これもまた不思議である。全身四百いくつの筋肉が咄嗟に統一的に働いたのである。どうしてこんなことが出来るのだろう。これに対しても西洋の学問は何も教えてくれない。しかしこの不思議は二度目であるから今度は見当がつく。これもまた無差別智が働いたのであろう。実際そうであって、この時は妙観察智が働くのである。妙観察智には色々な働き方があって、華厳教がよくしらべているのであるが、この時は古来一即一切、一切即一と言い慣らわされている働き方で働くのである。

ここを今少しくわしく見よう。初めに立とうという気持がある。その気持に様々ある。だから発端に情緒があるのである。そうすると人は立つのであるが、その立ち方がよくこの情緒を表現している。すっくと立ち上がるのもあれば、ふらふらと立ってしまうのもある。他の運動作用も同じことであって、人は妙観察智によって、情緒を四次元的に表現することによって動作しているのである。

この妙観察智が人に備わるのは生後十六ヵ月目であって、そうするとそれまでほたほたしか笑えなかった子がにこにこ笑えるようになる。

かように自然科学は人の生命現象について何一つ教えてくれないのである。わかって見れば人の肉体は無差別智の働きによるのである。人の智覚運動すべて無差別智の大海の中の操り人形のようなものである。

それで人の現実にその中に住んでいる自然は、単に肉体に備わった五感でわかるような部分だけではなく、五感ではわからないが無差別智が絶えず働きつづけているようなものでなければならないということになった。

仏教は無差別智は心に働くのだと言っている。心にはギリシャ人の分け方で知・情・意と三方面がある。仏教は無差別智は心のこの三方面のすべてに働くのだと言っている。ともかく無差別智が働くということは心の現象である。

仏教は心の中に自然があるのだといっていると言った。その心であるが、これは共通であって同時に一人一人個々別々だというのである。

そうすると、二つの心の関係は一つであって同時に二つである。こんな風だから心の世界は数学の使えない世界である。これに反して物質の世界は数学の使える世界である。実際自然科学者は物質現象の説明を数学に帰着せしめることを理想としている。だから物質的自然には無差別智は働き得ない。だから人が現実にその中に住んでいる自然は物質的自然ではない。かように物質主義は間違いである。

自然科学と物質主義との関係であるが、自然科学とは自然とは何かと言うことを言明しないで、自然について研究した文献の集まりに過ぎない。だからそれ自体は無性格であって、人がそれをどう取り扱うかによって初めて性格が定まる。日本のように自然科学はやがてすべてを説明すると思うのだったら完全な物質主義である。

欧米では人は自然科学を信じるとともに多くはキリスト教の神を信じている。だから完全な物質主義ではない。しかし欧米人は人は未だに人の知覚、運動について何一つ知らないことに気づいていない。これは自然科学の悪影響である。だから欧米においても自然科学は大体物質主義である。共産主義の人たちに対しては、完全な物質主義である。

それならば自然科学は物質現象だけならばいつかは一通り説明出来そうかというと、私はそれも出来ないと思う。なぜかというと到底乗り越えられそうもない二つの難問題があるからである。一つは、私は旧制高等学校の時そう思ったのであるが、物質が常に諸法則を守って決して違背しないのはなぜだろうということである。今一つは時間、空間、特に時間とは何だろうという問題である。

（「昭和への遺言」一九六八年六月）

日本民族の心

日本民族の中核は心の民族である。心が合わさって一つになってしまっている。これが日本民族の心である。こんな民族は世界で日本民族だけである。

日本民族の始まりは今から三十万年くらい前だと思う。その当初から今のようであったらしい。

人類の起源は六十万年乃至百万年だというから、これはちょっとほかに説明の仕方がない。それで私は、日本民族は他の星から来たのだろうと言って自分に説明している。

日本民族は諸共に地球上の各地を経めぐったと思う。「ににぎの尊」時代の足跡は、想像することくらいは出来る。もっとも私にかような想像力が働くのは、他の何物にも増して日本民族を熱愛しているからであって、これなくしてはこの種の想像力は働かないであろう。

「ににぎの尊時代」の初代「ににぎの尊」は地球が少し涼しくなり始めた頃、日本民族をひきいて西蔵《チベット》高原を北に下られたと思う。今から十万年近く前であろう。皇統はこの時以来連綿として今日に及んでいると思われる。

熱いと高い所に住む。高い所に住むと空気が稀薄だからほとんど昔を忘れてしまう。そうなると人の常として何だか昔は非常によかったように思う。それで高原を下りながら日本民族は高原の上は花咲き鳥歌ったと信じ込むようになる。かようにして高天《たかま》が原《はら》の伝説となったのであろう。

何事のおわしますかは知らねども　西行

尊は稲は持っておられたはずである。それで日本民族は黄河の上流で大分ながく稲を作っていた。

私は吉川英治《よしかわえいじ》さんとは、共に文化勲章を頂いたときに二度と、後に慶應病院に吉川さんを見舞ったときに一度と、生涯に三度会っただけだが、すっかり親友になった。吉川さんの死を聞いたときは大東京が色褪せて見えた。その吉川さんを一目見たときであるが、私は古怪という気がして、一度どこかで会ったことがあるような気がして、どこでだろうと考えたのだが、あんな顔の人がいそうな気がする場所は黄河の上流地方よりない。それならば七、八万年前のことであろう。随分古い友達だなあと思う。貴方がたはあの顔から漢文化の創生期を連想しないだろうか。

やがて日本民族の主流は黄河の上流を去り、一半の残った人たちが支那上代の文化を開いていったのだろうと思う。堯舜の治世を聞くとまぎれもない日本的情緒（日本民族の心の色どり）だと思う。

日本民族はそれから大きな川のない中央亜細亜を足速に下り、ペルシャ湾の岸に出た。ここまでが「ににぎの尊時代」である。

日本民族はその後、大きな川のほとりで止まって稲を作りながら海岸を東南に下った。もうだいぶ寒くなってきているのである。そしてシンガポール辺まで来た。ここまでが「ひこほほでみの尊時代」である。次は「うがやふきあえずの尊時代」であるが日本民族はここでしばらく南方の島々を経めぐった。地球極寒の時期だからである。それからまたシンガポールを通って海岸沿いに北上して南部支那へ行き、多分台湾の北部を通り、琉球を通って九州の南端に上陸した。ここまでが、「うがやふきあえずの尊時代」である。

それからが「神武天皇時代」であるが、日本民族の移動した距離は短いが、時間は石器、銅器、鉄器の三時代にまたがっているように思われるから存外にながく一万年くらいだろう。

古事記が出来たのは、大八洲《おおやしま》のことを言っているから本州へ渡ってからだろうが（淡路島や琉球か、ことによると南洋諸島を含むだろう)、この頃はまだ地球は非常に寒かっただろうと思う。人の過去の記憶は寒いときに結晶しやすかろうと思う。それで古事記の原形は「うがやふきあえずの尊時代」から「神武天皇時代」の前半にかけて出来たものだろう。だから当初から南方の自然教が混入していたと思う。日本民族の人たちは南方支那には大分残っただろうと思う。南宗の文化にはまさしく日本的情緒と思われるものが禅、絵画はじめ大分あるように思う。

南宗の名画にはまったく自他対立を感じさせないものが相当ある。禅の主流は実に「法器」だと思うが、これは「意志霊化」という意味である。その一部、ことによると全部が日本民族の人たちではないだろうか。

これらの南宗の文化が、早くは鎌倉、一般には室町時代に、日本に輸入したのであるが、よく合うから日本の文化を大いに開いたのだろう。

日本民族の中核の人の典型は菟道稚郎子《うじのわきいらつこ》である。稚郎子は応神天皇の末子であるが、聖賢の道を説いた学問が非常によくお出来になったから、父天皇はこういう子を天皇にすると国がよく治まるだろうとお思いになっていたのであるが、何もきめないうちにお崩《かく》れになった。そうすると民の望みはすっかり稚郎子に集まった。いくら稚郎子が、後の仁徳天皇が長子であることといい、御仁心といいこの人こそ天皇にすべきであるとお説きになっても駄目である。稚郎子はこの情勢を見て、さっさと自殺しておしまいになったのである。何という崇高さだろう。

まったく真我の人の行為であるが、この時はまだ仏教は渡来していなかったのである。善とはわかるが言えないものである。だから黙って実例を指し示すよりない。わかる人にはわかり、わからない人にはわからないのであるが、これが善である。

仏教倫理はただ三行である。

諸悪莫作
衆善奉行
自浄其意

というのである。倫理をたった三行で言ってしまう所に、仏教の面目躍如たるものがある。その広大無辺さを知るべきである。

諸悪莫作。善とは悪の反対ではない。始めは善はわからないのであるが悪はわかる。だから悪はするなというのである。道元禅師はこれを非常に重く見ているようであるが、これを卒業すれば「為さざるあるの人」である。

これが出来れば善がわかる。稚郎子の行為の崇高さの本当にわかる人は、これにあやかろうと努めなければいけない。

善は一つわかり始めると次々にいくらでもわかって来る。そのすべてをたたえて、少しでもそちらに向かって向上しようとしなければいけない。私はどうなればここを卒業出来るのか知らない。あるいは卒業出来ないのかも知れない。

そのいずれであるにしろ次は自浄其意である。この時季の修行はこうするのである。雨が降れば雨は心のままに降ると思う。風が吹けば風が心のままに吹くと思う。だれかが、つまらない絵の掛け軸を知らずに大切にしているのを見せてくれると、自分も知らず知らずその気になって、作意なく、結構でございますなと挨拶する、これが真我の意志である。

こう行けばよい。もしひっかかるものがあればそれは意に濁りがあるからだとすぐ気づいてそれを取り去れというのである。

たとえば禁煙車で誰かが煙草をのんでいるとき、もしけしからんと思うならば、それは理性の我という濁りがあるためだから、それを取り去れというのである。そうして改めて見直すと、禁煙車で煙草をのむくらいだから余程のみたいのだろう。そういえばおいしそうにのんでるなあと思って、自分もほほえましくなるというのである。

道元禅師は日本民族の中核の人である。その道元禅師は『正法眼蔵』（岩波文庫、上巻）

で人の生死についてこう言っている。

「人は『正法眼蔵涅槃妙心』の中で、生の位、死の位と交々踏んで行くのである」

日本民族の中核の人たちの生死の有り様を想像してみよう。

生の位にあるときであるが、肉体は無明の塊《かたま》りのようなものであるから、これと共に生きていると人の知覚は随分邪魔されるのである。たとえば中有であるが、このときは実によく目が見えるのである。辨栄上人はこう言っておられる。他の星、たとえば火星ならば火星をじっと見てそこへ行こうと思えば行ける。それが肉体を持てばもはやそんなに目は見えなくなる。日本民族の中核の人たちは小我を自分とは思っていないからもはや六道《ろくどう》を輪廻《りんね》しない。だから中有はない。中有に相当するものが死の位である。だから私はこう思う。肉体は塀のようなものであり、眼とか耳とかは塀の孔のようなものであって、そこからのぞくと外が見えるのである。孔がふさがれば見えない。これが視覚器官や聴覚器官の故障である。それで塀がなくなればそんなものは一切いらない。だから日本民族の中核の人は死の位にあるときには日本民族の中核全体を知覚する。

私は知覚すれば情緒すると思う。これは中有を見ても想像がつく。

だから日本民族の中核の人たちの中で死の位にいる人は日本民族の中核の人たちと共にいるのである。情の民族である日本民族が、主神と仰ぐ伊勢の内宮さまにもお目にかかれるかもしれない。

ここで支那の大梅山法常禅師の話をしよう（『正法眼蔵』中巻、「行持」）

禅師がまだ僧であったとき、ある禅師にこう聞いた。「如何ならんか是れ仏」。そうすると禅師はこう答えた。

「是心是仏」

僧はわかったと言って、すぐ深い山へ行って三十年ただ思いをここに凝《こら》した。そしてついに大悟した。

大悟の後は、支那も大分南方だったと見えて虎と象とが左右に侍して御用を聞き、なくなられると屍《しかばね》を葬って、その上に石で塔をつみ上げた後立ち去ったという。

後人がここに一寺建立して大梅山と号した。（以上中巻参照）

後に道元禅師が渡宗して、如浄禅師について修行し、大悟して身心脱落して後、旅行して一夜大梅山の下に宿った。

そうするとその夜霊夢に法常禅師とおぼしき老僧があらわれて、法を伝えてそのしるしに梅花一枝を与えた。道元禅師が覚めて見ると梅花一枝を持っていた。

私が『正法眼蔵』を買ったのは満州事変が終わって日支事変がまだ始まっていない頃である。そしてこれを十数年座右に置いた。そうすると終戦後二年くらいになった。

私は『正法眼蔵』の扉は「心不可得」だと思った。その扉を開く鍵は「生死去来」だと思った。この鍵ならば私はもう持っている。過去世が懐しくて仕方がないのである。ある日私はじっと座って思いをこの「生死去来」の四字に凝し続けていた。時はどんどん流れて行っただろう。と、突然私は僧たちにかつぎ込まれた。見るとそこは禅寺の一室、中央に一人の禅師が立ち、左右に僧が列立している。私はその人が道元禅師であることが直覚的にわかった。

畳を踏んで禅師に近づくと、まるで打たれるような威儀でしばらく顔が上げられなかった。

顔を上げると禅師は私に無言の御説法をして下さった。無言の御説法というのは不思議なものでそれが続いているうちは私は絶えず不思議な圧力を感じ続けていた。

やがてまた畳を踏んで退き、僧たちにかつぎ出された。

われに返ると私は部屋の畳に座り続けていたのだが、足の裏にはまだ寺院の畳をふんだ感触が残っていた。

以後私は『正法眼蔵』はどこを開いても手に取るようにわかる。しかしこれは言葉には言えない。このことは今日に到っても少しも変わらない。

私は法常禅師も日本民族の中核の人に違いないと思う。だからこれが、日本民族の中核の人たちの交通の有り様である。

私は日本的情緒は芭蕉に教えてもらった。これがわかれば日本的な美はおのずからわかる（詳しく言えば他に平等性智、大円鏡智、妙観察智がいるのだけれども、根本は日本的情緒がわかることである）。

芭蕉には会わなかったが、芭蕉は姿を見せないまま手を取って教え続けたのである。私は芭蕉と道元禅師とによって、自分が日本民族の中核の一人であることを自覚することが出来たのである。

私は数年前伊勢の内宮の大御前に近々と額《ぬか》ずいた。そのとき形容し難い懐しさを感じ、ふるさとへ帰って来たような気がして、やっと帰って来た、随分ながい旅だったと思った。それで私は死ねば高天が原を今にしろしめしておられる内宮さまにお目にかかれるだろうと思っているのである（古神道は断じて自然教ではない）。

私は数え年二十九のとき独りシンガポールの渚に立った。そして突然強烈極まりない懐しさに襲われた。だから私は日本民族がその辺を通って南方から北上したことを疑わない。自覚した日本人に会えたと思ったのは坂本繁二郎さんに会った時だけである。二時間ほど話し合っていると、坂本さんは突然ハラハラと涙を流して「日本の夜明けという気がします」と言われた。そうすると私も、私は長い間「頭が冬眠状態」で困っていたのだが、その頭の冬枯れの野が一時に生色を帯びたような気がして、背もすっくとのびた。そうすると、これは私の情緒の中心の故障から来ていたのであるが、それが一遍に直ってしまった。日本民族の中核のつながりはこんなにも緊密なのである。だから日本民族は、その必要があればいつでも大天才を産むことが出来るのである。それはいわば分身を合わせるようなものであって、日本民族の中核の人たちは互いに分身なのである。芭蕉も二千年に一人という大天才であるし、道元禅師もそうである。

こんな風に出来るということが「衆善奉行」出来るということである。私は日本民族の中核の範囲でならば、もう衆善奉行出来る。

私は、今寝ている日本民族を起こそうとしている。それが出来ると思うのは中核の人たちが皆ついていて下さると思うからである。

日本民族はこんな中核を持っているのである。次にはその外郭である「準中核」をお話ししよう。

この準中核も小我を自分とは思っていない、さりとて真我を自分と思うほどにまでは行っていない。では何を自分と思っているのかというと、武士道精神とか大和魂とかいうものを自分と思っているのである。

ここで止まるのはまだ小我の抑止が足りないのである。武士道は一面「武士道とは死ぬことと見つけたり」というほど強く小我を抑止するが、他面すぐ衝動判断をやってしまう。太平の江戸の街を歩いていても、武士はいつ闇から仇《かたき》と間違えて切りつけられるかわからない。そのときは抜き合わせている暇《いとま》なんかないから鍔《つば》で受けるのである。そのために初めは鍔によい鉄を選んだのだが、後にはそれに金銀をちりばめるようになって、とうとう鍔美術まで作り上げるほどになった。

切りつけられた時、いくら人違いだと言っても聞かない。幸い武術がまさっている時は、組み伏せて説き聞かせることが出来るのであるが、そうすると初めて相手の言うことを耳に入れるのである。いかにこの面では小我の抑止が足りないか目に見えるようである。

これは行為の前に一度おのれを空《むな》しうして判断すべきを、それをしないのである。こんな風だから深い反省というものが出来ない。それで武士道的精神に止まるものは、人を殺すのはかわいそうだということが殆《ほとん》どわからないらしいのである。

こんな風だから勿論真我にはほど遠い。だから不死の自覚は出来ていないのである。日本民族は、あんなに見事に戦ったのだから、相当多数の「準中核」の人たちを持っているに違いない。だから私はまずこの人たちの眠りをさまそうと思う。

目覚めたら、日本はもう戦うつもりはないのだが、この人たちの闘争心は容易には取り去れないだろうから、平和の戦いを戦ってもらうようにしようと思う。実業立国の戦い、光と闇との死の戦い、物質の世界の上に心の世界のあることを欧米人に知らしめるための必死の生命の科学の建設等、真の平和に到達するまでの戦いはいくらでもある。日本民族はまずこの戦いを戦い抜いて、人類を自滅から救わなければならない。これが日本民族に課せられた第一の使命である。放置すれば人類は三百年を出でずして自滅するであろう。

日本民族の第二の使命は、十五億乃至五十億年後に来る地表の過冷による人類の自滅を救うことである。

そのためにはそれまでに全人類の心を充分向上させて、各人が妙観察智によって、行こうと思えばもうそこへ行っているということが出来るようにしておかなければならない。これは真善美妙を皆使わないと出来ないことと考える。

人類は無限向上の道を歩み続けるのである。その第一日が単細胞が仏になるまでである。

第二日目を説明しよう。

奈良の東大寺に良辨《ろうべん》僧正という方があった。東大寺の前の二月堂の下に良辨杉というのがある。また東大寺の前にこういう句碑が立っている。

一葉一葉は僧正にして良辨忌　　来布

来布とは亡くなった大阪市の俳人入江来布のことである。無量寿無量光如来（親さま）はこのようにして人類の向上をはかっていられるのである。

また、勢至菩薩についてこう聞いた。「菩薩の大智に現われざることなし。ゆえに大勢至という」。親さまはこのようにして内面からも私たち子らの向上をうながしておられるのである。

無量の仏大菩薩は身を百千億（仏教ではこういう言葉で言う）に分かって内外二面から人に向上の転機を与えつづけているのであるが、学者、思想家、芸術家はこれを天来の妙想と言いながら、自分のものだと思って得意になっているのである。

道元禅師は『正法眼蔵』上巻でここの所をこういう言葉でスケッチしている。

「諸仏の常にこの中に住持たる、各々の方面に知覚を残さず。群生のとこしなへにこの中に使用する、各々の知覚に方面現われず」

この中と言うのは正法眼蔵涅槃妙心の中である。

向上の第一日は、だからいわば雪橇《ゆきぞり》に乗って押してもらっているようなものである。第二日の向上では押す方へ廻るのだろう。第三日はこの位置からでは到底望見出来ない。こんな風だから、物質現象は到底見極められるものではないのである。だいたい生命現象と物質現象とに分けることが本当は出来ないのである。

無限向上の道を歩き続けられるということは何という楽しいことであろう。これも唯一絶対の如来《にょらい》の時間という不動の規道あればこそその上に展《の》べうる情緒絵巻である。何という豪華を尽くした悦《よろこ》びの絵巻であろう。

そういえば親さまは人の情緒よ美しかれと、夏の朝な朝なに朝顔ほどの花をさえ咲き変えさせるような豪華なことさえなさるのである。

日本民族には、今し木枯《こがら》し鳴りこそやまね、知る人ぞ知る、もうそのための水も漏らさぬ計画が立てられて、着々実行に移され始めているのである。

日本民族の中核だけではない。無量の諸仏諸菩薩が、身を百千億に分かって、夜を日に継いで間断なく働いているのである。

私は日本民族をこの上なく熱愛するが故に、白人に対するいきどおりで心がそちらに向かって堅くとざしていたのであるが、書いてここまで来て、ようやくそれがとけ始めた。

氷解けて水の流るる音すなり　子規

（「昭和への遺言」一九六八年六月）

夜雨の声

出発点が間違っている

日本人は応神天皇以後、外国の文化を無批判にそっくりそのまま採り入れてその中に住むというやり方ばかりをしてきている。最初中国の文化を採り入れ、次いで仏教を採り入れ、明治以後は西洋の文化――昔はギリシャ、今は欧米を西洋といっているのだが――を採り入れている。そして終戦後その度合は著しく濃くなって今日に至っている。かように今の日本には千五百年来の外国の思想や言葉がごちゃごちゃに入っているが、もっとも、明治以後に入った文化が強く外部にあらわれているので、それ以前に入った文化は比較的隠れているようである。

いろんなことが雑然と入った結果として、同じ言葉が違った内容を表わすというような事態が生じてきた。例えば「心」という言葉の内容は日本と中国と、および仏教と西洋とでは皆違うのに、それを日本人は「心」と同じ一つの言葉でよんで平気な顔をしている。

今、日本は深海の底にいるのだというような気がする。それで日本の人々に代わってここで一度だけ批判というものをしてみようと思う。

西洋の思想の基礎になっているのは自然科学であるから、まずこれをよく調べてみよう。自然科学の先端は素粒子論である。素粒子論は次のように言っている。

自然は物質も、質量のない光も電気も、みな素粒子によって構成せられている。素粒子は非常に種類が多い。しかし、これを安定な素粒子群と不安定な素粒子群とに大別することができる。不安定な素粒子群は非常に寿命が短い。あらわれてはまたすぐ消えてしまっている。その寿命は、最も普通にみる不安定な素粒子についていえば、百億分の一秒くらい。このように短命ではあるが、非常に速く走っているから、生涯の間には一億個の電子を歴訪する。電子は安定な素粒子群の代表である。いったい、何がどうなっているのだろう。

人は古来、自然はじっとあるものとのみ思ってきた。しかし、素粒子論によると、自然の一半はあらわれてはまたすぐ消えていってしまっている。それならば、存在ではなくて映像である。他半はどうだろう。

安定な素粒子の代表である電子をとってみてみると、電子は絶えず不安定な素粒子の訪問を受けている。それならば安定しているということが確実にいえるのは外形だけであって、内容については全くわからない。やはり、あらわれてはまたすぐ消えていってしまっているのかもしれない。むしろ、多分そうであろう。それならば、他半も映像である。かように、自然は完全に映像であるか、そうでなければ半映像（映像のようなもの）であって、ともかく存在ではない。

西洋人は、五感でわからないものはないとしか思えない、まことに珍しい人種（思想的人種）である。それで自然を調べるときも、五感でわからないものはないと暗々裡に仮定して調べていたことになる。そうすると、不安定な素粒子というものが発見された。不安定な素粒子の生まれる前の状態および消えていってしまってから後の状態は、明らかに五感ではわからないものである。かように五感でわからないものはないと仮定して調べていくと、結果は多量に五感ではわからないものが出てしまった。これは明らかに出発点の仮定が間違っていたということだから、一切を御破算にして初めからやり直さなければならない。すなわち、自然科学というものは無いのである。

素粒子論は出て既に久しく、もはやポピュラーな知識になっている。これをみれば私が今述べてきたことは自明であるのに、西洋人は一人としてこれがわからないのである。西洋人という人間はなんという愚かさだろう。ところが日本人はその西洋人のいうところをそのまま鵜呑みにして、鸚鵡《おうむ》の口真似式にこれを繰り返しているにすぎない。日本人という人間、これもまたなんという愚かさだろう。

自分とは情のこと

自然が存在でないなら、存在は心のうちに求めなければならない。心全部が存在だとはいえないが、しかし心といわれるものの中に存在はあるに違いない。

人はよく自分という言葉をつかう。ところが「自分とは何ですか」と反問されて、答えられる人は滅多にいない。このように人は、自分という言葉を無自覚的につかっているわけである。そして自分という言葉を単に口に出しているだけではなく、口に出さない自分というものを大抵の人は常に念頭に描いている。それをやめよと言ってもなかなかやめられない。それならば、人が無自覚的に自分だと思っているその自分とはいったいどういうものなのか――ということを調べてみると、これは世界の地域でそれぞれに異なっている。

自分という問題を考えていく際に、私はいつも心の世界地図というものを思い浮かべる。この地図には真中に日本があって、これを囲んでリング状に東洋があり、これをまたリング状に囲んで西洋がある。それから外は急いで調べなくともよいし、また急いで調べられるところでもない。

この地図の真中に位置する日本に住んでいる人々は、情《じょう》を自分だと思っている。この情には内心の情と外界の情とがある。

芥川（龍之介）は非常なさびしがりやだった。それでこれを慰めてやろうと考えて、友人たちはこぞって芥川の家に集まり、さまざまに心を喜ばせようとした。芥川の内心のさびしさはその間は紛れていたのだが、友人たちがどやどやと立ち去るとともにその喜びは潮《うしお》の引くように漂い去って、後に残るものは以前にも増して胸の痛むような内心のさびしさだけである。

かように心には、内心の心と外界の心とがある。外界の心は自分ではない。故に、心から外界の心を削り去る。あとには内心の知情意が残る。時としてこの知や情や意は互いに意見を異にすることがあるが、このとき日本人はある場合は情の思いを抑えて知や意の言い分を通す。非常に辛い思いをしながらそれをする。するとこれを見て人は、一層その行《おこ》ないを誉めるわけである。「吉良の仁吉は男でござる」というふうなことを言って誉めるのがこれである。

反対に、知や意の意見を無視して情の思いを通すこともある。例えば、漱石の小説『それから』の主人公の三千代は結婚してしまってから代助に恋をうちあけられた。そのとき三千代は、「あんまりですわ、今になってこういうことをおっしゃるのは残酷ですわ」という。しかし暫《しばら》くたってから、「でも仕方がない。覚悟を決めましょう」と言って、亭主が平生敷いている座布団を、「さあどうぞ」と代助の方へおしやる。このときの心境は「ええままよ」というのである。この二つだけみても、日本人なら情が自分であって、知や意は自分ではないということがすぐわかる。

この心から外界の心――意識を通してわかる物質のような心――を除き去って、残った内心の心から次に知や意を除き去る。すなわち知の不透明さ、意の堅さをことごとく除き去る。それでもなお、まだ生《は》えない種のような無数の不純物が心の中に残る。そこで、大変手間はかかるが、これをもことごとく除き去る。そうするとあとに残るのは全く混じり気のない情である。これを真情とよぶことにする。この真情が心の中核である。

仏教哲学である唯識《ゆいしき》では、心を層に分かって説明している。心の一つの層を識といい、識の一番奥、一番基礎になっているものを第九識と数えてこれを真如《しんによ》といっている。その真如の上になっている第八識を阿頼耶識《あらやしき》という。

このように仏教では第九識までしか言っていないが、しかしそれではどうにも説明しきれない部分が色々出てきてしまう。それで、日本人の心をよく調べてみたのだが、第九識のもう一つ奥に、第十識「真情」という世界がある。

これがわかったとき、ちょうど、私の四番目の孫が生まれた。上三人はそうではなかったのだが、この四番目の孫は生まれたときから、だいたい私と同じ家に住んでいる。それで私は、孫の心の生い立ちを連続的に観察することが出来て、人の心の構造をハッキリ認識することが出来た。

人は生後三ヵ月間、真情の世界にいる。だから母の胎内にいた間も加算すると、一年一ヵ月真情の世界にいるわけである。この世界は外からみると懐しさと喜びの世界である。それから生後一年十一ヵ月まで、真如を通り、次に阿頼耶識を通り、生後二年五ヵ月で童心の季節の外に生まれる。

かように明らかに仏教は第十識真情を見落としている。そのため、日本人にはどうしてもわからない点を色々もっているのである。

人とは何か

さらに仏教で識と言っているのは人の住む土地のことであって、仏教はその土地に住む人のことは何も言っていないのである。真情というのは土地で、土地と同じ真情の一部分を体にして、生物（有情）があるわけである。

真情の一部を体にしてそれが全一の生命でありうるためには、何かがこれを統《す》べていなければならない。何が統べているのか――これは非常にむずかしい問題である。勿論仏教はそれについて何も言っていない。この問題については自分を調べるより仕方がない。生まれてからこちらの私をよくみてみると、私が全一の生物である所以は、悲願がこれを貫いているからである。悲願というのは「ナッシング　オーア　その願」という願のことである。慈悲の「悲」も、幾分はその響きが入っているのだろうか。その私の悲願であるが、これは生まれてからこちらだけにあるものではなく、それ以前からあるものである。それでは、いつごろからあるのかというと、いくら遡《さかのぼ》っても、そこで始まったとは思えない。即ちこれは無始曠劫《むしこうごう》来いだき続けている悲願である。これが人間の真情を一つにひきしめて、全一の有情たらしめているのである。

天つ神々が日本民族を操る

道元禅師は日本民族の中核の人である。ところが中国から禅を学んできて、随分間違ったことを言っている。特に、坐禅はしなければ駄目だというのがそれである。『正法眼蔵』をみてみると、その間違いが繰り返し繰り返し、そのまま出ている。

しかし、道元禅師は中国で禅を学ぶ前に日本民族の中核であった。このことは、『正法眼蔵』で一番有名な文章の中にあらわれている。

諸仏のつねにこのなかに住持たる、各々の方面に知覚をのこさず、
群生のとこしなへにこのなかに使用する、各々の知覚に方面あらはれず。

このなかとは何のなかか——真情のなかである。それから真情のなかに住持たる諸仏——これを「天つ神々」というのである。日本が鵜呑みにした仏教の心の世界の地図では天つ神々のいる場所がなかったのである。

大宇宙は天つ神々の悲願あるがゆえにある。はじめに悲願がある。だから時は流れる。時の内容は真情である。有情はなぜあるか。一つ一つの有情の心に絶えず喜びが送られているから有情として生きているのである。この絶えず喜びを送っている原動力は天つ神々の悲願である。

現実はこのままでは誰がみても人類は遠からず全滅する。仏教で、発心《ほっしん》、修行、菩提《ぼだい》、涅槃《ねはん》と心を磨いていくのはかような時に役に立てるためである。でなければ、自分が偉くなって仏になろうと思っているのである。自分だけでなく他もそうしたところで何になろう。

応神天皇以後の日本民族の歩みをみても、かような民族が滅びずに今まで生きのびてきたということは実に不思議である。これが出来たのは、天つ神々が日本民族を操ってきたからである。このことは少し丁寧に日本の歴史をみれば随所にあらわれている。かように、日本に天つ神々がいるということは明白な事実であって、宗教ではない。

この事実を教えるに曹洞宗はかなり役に立つ。本当に修行のできている人なら、諸仏のつねにこのなかに住持たる……という道元禅師の言葉が信じられるから、このなかとは真情のなかであって、真情のなかに住持たる諸仏を天つ神々というのであるといえば、天つ神々のいることが信じられる。しかし、修行ができていなければ言葉だけだから何の役にも立たない。

深い心は死なない

私は近頃風呂に入って、ふとひとつ試してみようと思った。それで目は開いたまま、口は阿吽《あうん》の呼吸のアの字型に開いて、顔をだいたい風呂の水面と平行に三寸ほど下につけてみた。すると鼻から少しあぶくが出たがそれだけである。視野は平常より狭いが、見えるところはよく見えて、その見え方は天井なんかない。何度ためしてみても同じである。

こういう話をきいたことがある。昔、東海の浜に禅僧の溺死体が打ち揚げられた。これを蘇生させようとして漁師たちが騒いでいるうちに、禅僧は気がついて一人で立ち上がって、スタスタと歩いていってしまった。これが白隠禅師の二人の高弟の一人、東嶺禅師である。

私が海に落ちてもやはり一時気を失うだけであろう。かように第十識、第九識および第八識、つまり深い心と、第七識、六識、前五識、つまり浅い心とは全く無縁の心なのである。第七識を末那《まな》識といい、他はすべてその上にのっているから、この浅い心を総称して末那識という心ということにしよう。末那識という心はからだに閉じこめられてある。これに反し、深い心は空間全体に拡がっているのである。からだや末那識は死ぬが、深い心は死なないのである。

深い心、即ち第八、九識、および私のつけ加えた第十識という本当の心と、末那識という心とは縁がないということを知るのは根本的に大切なことであって、そのためには、禅はよい修行方法である。しかし、前にも言ったように必ず禅が要るかというとそうではない。私はひとつも禅などやっていない。私はいつも、自分のことより日本民族のことを心配している。常に日本民族が心配で、自分のことなど顧みるいとまがない。絶えずこういう状態にいることが、さらに端的にいえば、日本民族が自分だと思っていることが一番速い修行方法だと思う。

後頭葉の腐敗を恐れよ

話をはじめに戻して、再び「西洋かぶれ」の誤りについて考えてみよう。西洋人は自然が映像であるということを知らないし、意識を通さないでわかる心があるということも知らない。これは完全な間違いである。それなのに愚かな日本人は、これをそのまま新教育に採り入れた。

日本人及び東洋人と西洋人とは、大脳生理が違っているとしか思えない。これが本当にそうであると言いきるためには、西洋人の赤ん坊の心の生い立ちを連続的にみせてもらうことから始めなければならないが、しかし大抵私の思っている通りであろう。

日本人や東洋人は頭頂葉から後頭葉、側頭葉を経て前頭葉へ行くという経路で心が流れている。前頭葉は外面的行為および意識的内面的行為をつかさどるものである。頭頂葉はこの前頭葉に命令をくだすものである。それが心の流れである（心の中枢は人体にあっては頭頂葉にある）。

この頭頂葉から発した心が流れて前頭葉へ届くまでの経路が、日本人や東洋人と西洋人とでは異なっているのだと思うのである。即ち西洋人の場合は前まわりして、頭頂葉、運動領、前頭葉と流れていると思う。ところが運動領というのは全身の意思的運動を司るところであるから、非常に無明《むみょう》が濃い。それでここを通ると流れが地下をくぐったようなことになる。

そのため西洋人は頭頂葉の知・情・意とか悲願とかが潜在意識的にしかわからない。日本人や東洋人の場合には、川の地上を流れるようになっているから、源の有り様がわかるのである。その代わり、これを米人デューイ流に自我を全く抑止しないで教育すると、無明が後頭葉へたまってしまうのである。

後頭葉に末那識が入れば無明になる。この無明つまり末那識は、やはり心であるから、からだに黴菌《ばいきん》が入ったようなものであって、単なる心の濁りではない。そのため後頭葉の心を腐敗させる。そして一旦そういうことになれば簡単には治せない。この点西洋人は運動領の地下をくぐって行くのだから無明はあまり深い心に入らないらしい。それで西洋人をデューイ式のやり方で教えても大した害はないが、日本人を新教育で教えると恐るべき結果が出てしまうのである。

こうした大脳の生理の違いを忘れて、日本はアメリカの教育をそのまま採り入れ、私がいくら変えよといっても（私はもう十二年、言い続けている）、耳に入れようともしない。それどころかますます完全にしていっている。間違った方向に完全にしていくということは、間違いが不完全でなくなるということである。この恐るべき新教育の結果が眼前にあるのに、いくらそれを見てもわからないのだから、日本人の愚かさには本当に驚いてしまう。しかしここを説明するとながくなってしまうから、ここではただこんなに無明の闇が深くては、日本は遠からずして亡びるだろうということだけを言っておく。

天つ神々に同調せよ

現状のままであると、人類は間もなく自滅する。その先がけとして、日本が真先に滅びる。そして日本が滅びたら、人類が滅びるのを防ぎようがない。本当に認識することが出来るのは情だけであるのに、情を自分だと思っているのは日本人だけだからである。そこで、天つ神々は無明退治を本格的に始めた。一年ほど前から日本の心の世界は急速によくなってきているが、これはそのためである。日本人はこの天つ神々の企てに同調すべきである。どうすることが一番大切かというと、教育で一番大切なことは自我を抑止することを教えることだと知って、それを出来るだけ早く実行することである。

今は、生まれたら困るような者は日本人として生まれることを天つ神々は許しはしない。そのため、甚だしく無明で心の濁った者は生まれてこない。だからこれをあまり濁さないように育てさえすればよいのである。人がこの点にさえ同調するならば、七十年もすれば日本という水槽の水は入れ替わってしまう。そして国の心の世界に無明という濁りはほとんどなくなってしまう。そうなればあとは簡単である。

まず第一に、祭政一致の政治を実現しなければならない。祭政一致の政治という言葉は古くから日本にあるが、実現されたことはこれまでに一度もない。だいたい人間に人間が治められるわけがない。祭政一致の政治とは天つ神々が人間たちを治める政治である。

これまで政治が非常にうまくいった例が世界に一つだけある。中国の堯《ぎょう》・舜《しゅん》の世である。中国人がみればこの二つの治世は対等にみえるらしいが、日本人がみれば舜の治世のほうがよい。このように舜の世の政治が非常にうまくいったのは、帝舜が天つ神だったから出来たのである。天つ神が人を治めるということ以外、人の世はどうにも治めようがない。しかしこれを一代で終わらせないで、長く続けようとすると祭政一致の政治より仕方がないのである。

この基盤ができたら、次には、これも今まで人類が実現しようとしてできなかった文化というものをその上に建設していかなければならない。文化とは道徳、学問、芸術をいうのであるが、西洋人は学問、芸術を文化といっている。すなわち道徳抜きの文化である。そしてそのために人類は滅亡に瀕しているのである。自粛をし、教育を改め、祭政一致の政治をし、正しい文化を建設することが急務である。だいたい三百年くらいでできるだろう。そうなれば、天つ神々の無始曠劫来の悲願が初めて形をとることになるのである。多分そうなると思うが、一つ間違えば人類の全滅である。

曹洞宗の人たちの中で本当によく正法眼蔵を体取している人には、こうした話は多分よくわかっていただけることと思うので、わかったら即座にこれを人々に説いて、天つ神々に同調することをうながしてもらいたい。道元禅師はこのときに備えて『正法眼蔵』を遺《のこ》したのかもしれない。

六根清浄

私が今まで述べてきた事柄は、末那識を本当の心から引き離しさえすれば誰でもすぐにわかることである。ところが末那識に付随している眼耳鼻舌身意という六根を通し末那識という心が本当の心に入る。これが無明である。それを十分注意せよというのが六根清浄という言葉である。末那識は自分とは別の心だと本当にわかるに至れば、「尽十方界是れ我が全身」などということは自明である。

西洋の学問をすると必然、無明が入る。意識的にみると無明が心に入るのである。ところが意識的に見なければ西洋の学問は何もできない。すなわち見る目で見なければ西洋の学問はできない。だいたい西洋の学問をするために、その前提となる西洋の言葉を覚えようとするにも、わかろうとするにも、見る目で見なければできない。それだけで既に心は汚れる。

明治以後日本は、西洋の学問を教えることが教育だと思い込んでしまっているが、そうすると今いったように必ず心に無明が大量に入るのだから、これを絶えず取り除かなければいけない。見る目で見ると、心に無明が入るのである。これを除く一つの方法は聞こゆるを聞くとよい。観音菩薩はこの一つだけを修行して、不生不滅を悟ったのだと聞いている。また五感と意識との六つの眼を閉じて心の眼（真情の眼）だけで見る時間を持つのもよい。

見る目で見ると死の世界しかわからないのであって、そのためすべては物質と理性で説明がつくと思ってしまうのである。「聞こゆるを聞く」と生の世界が見えて来る。六つの眼を閉じて心の眼で見ていると実相の世界が見えて来るのである。人のまごころは実感でわかるのであって、これを意識でわかろうとすると、まごころなどというものはどこにもなくなってしまう。これが死の世界であり、仮象の世界である。生の世界や実相の世界に心を遊ばせることが、心の無明を洗うことになるのである。

無限向上の最初の階段

ものには内外二面があり、外は形式、内は心である。その心の世界に最初にあらわれた天つ神が原始天尊天の月読《つくよみ》の尊《みこと》である。ほかの有情はみなこの天尊の悲願を分かち与えられて、有情となったのである。その有情即ち天つ神々の全体が日本民族である。一口にいえばそうだが、天つ神々の大多数は情緒をからだにしている。このことは単細胞以前の天つ神々を考えればわかるだろう。流れてやまない時の内容が日本民族だといってもよい。その日本民族が究極の自分である。これが大我である。大我を自分だといつも思っているのが末那識という心から離れてしまう一番の近途《ちかみち》である。真情は見ることができるだけではない。見たことを忘れない。それゆえ一人の有情の真情の上には、その歩いた経歴がみな残っている。これが真我である。真我を自分だと思ってもよいのだが、大我を自分だと思うほうがもっとよいと思う。

仏教では個人を小我と言っている。この個人というものの内容は複雑な心の集合体であって、一つとよばれるべき所以のものは何もない。これは仮和合《けわごう》のもの、仮にそこに集まっているだけのものなのである。こんなものが不死であるはずは絶対にない。一晩寝ると変わるだろう。だから人間は平気で矛盾した思想を説き、矛盾した言葉を使ってなんとも思わないのである。

私は数え年二十九のときシンガポールの渚に立って、突然名伏しがたい深い懐しさの情に襲われた。それから十数年のち、この懐しさの情の内容を道元禅師の言葉をかりて言いあらわした。

日本民族は常住にして変易なし。

大宇宙の原動力は一番はじめに天つ神々の悲願である。この悲願というものは何もしないでいても時が経つほど強くなるという性質をもっている。まして天つ神々の数が増え、その心が深くなると、悲願の強さはますます強くなる。そのため大宇宙を運行する原動力の悲願の量はだんだんふえていく。かようにして悲願の総量が漸く現在の強さになって、初めて無始曠劫来の悲願を形にあらわすことができるようになったのである。なぜこんなに時間がかかったのかといえば原動力がなかなかふえなかったからである。

これが大宇宙の無限向上の第一階段であるが、これに成功すれば人類が亡びるという危険は永久に去る。よくわかって神々の企てに同調していただきたい。

（「大法輪」一九七三年七月）

注解

（一）二上さん　二上達也（一九三二〜）将棋棋士、九段。日本棋士連盟会長を務めた。

（二）時実さん　時実利彦（一九〇九〜七三）脳生理学者。東京大学脳研究施設の初代教授を務めた。

（三）大山さん　大山康晴（一九二三〜九二）将棋棋士、十五世名人をはじめ、五つの永世称号を保持。日本棋士連盟会長を務めた。

（四）升田さん　升田幸三（一九一八〜九一）将棋棋士。大山康晴とは数々の名勝負をとおして「大山升田時代」と呼ばれる一時代を築いた。

（五）「すみれの言葉」『紫の火花』に収録。本書には未収録。

（六）ドウブロウィー　ルイ・ド・ブロイ（一八九二〜一九八七）フランスの物理学者。それまで粒子と考えられていた電子を波であるとし、物質波を提唱した。

（七）「童心の世界」『紫の火花』に収録。本書には未収録。

（八）メヒティカイト　基数。有限集合なら1、2、3、……と個数を数えて大小を比べることができるが、無限集合でも大小の違いがあることを一九世紀にカントールが発見した。メヒティカイトとは、集合の大きさのこと。

(九)**アレフニユル**　自然数は無限個あるが、1、2、3、……と順に数えていけば、無限の時間さえあれば数え尽くすことができ、無限のなかでは最も小さい。自然数の個数のことをアレフニュルと呼ぶ。

(十)**連続体のアレフ**　実数全体に一番目、二番目、三番目と番号をつけていくと、どのように番号付けしても必ず数え残しが出ることをカントールが発見し、実数の無限は自然数の無限より真に大きいことを証明した。実数全体の個数を連続体のアレフと呼ぶ。

(十一)**マッハボーイ**　「とんでもない少年」という意味の岡潔の造語。アメリカの数学者ポール・コーエンのことを言っている。

解説

山折哲雄（宗教学者）

私は、数学はかならずしも嫌いではなかったが、岡潔という数学者の、ときに数学の世界からはみ出るような人間のきらめきに惹きつけられてきた。それがこんど、解説のような仕事を引き受けることになってしまった。

その気になって、いざ仕事をはじめようと思ったとき、一人の外国の数学者の存在が眼前に浮かび上ってきた。ああ、ここに岡潔とよく似た人物がいた、と思ったのである。そのささやかな物語からはじめてみよう。

ベトナム戦争たけなわのころ、ハーバード大学で臆することなく反戦の立場を表明していた数学者がいた。その名がグロタンディークである。ガロア以来の天才的数学者ともいわれ、フランスのパリ大学でも教えていた。若くして数学者のノーベル賞といわれるフィールズ賞をとり、ハーバード大学に招かれていたのである。フランス本国でも反体制知識人のグループに属し、ユダヤ系だった両親をアウシュヴィッツのガス室で失っていた。

私は一九七七年の暮れ、たまたまフランスを訪れ、隠者のような生活をしていたそのグロタンディーク氏に出会う機会があった。カンヌからの帰途、モンペリエから岩石だらけの、気味の悪いいくつかの山を越えて、ロデーブ村という寒村に向かった。氏はそこで、ほとんど仙人に近い原始的生活を送っていたのである。石造りの納屋のようなところで、土間にはタキギを投げ入れる暖炉と、荒けずりの大きな食卓と貯蔵庫がおいてあるだけだった。電気などはもちろん入っていない。

氏は以前、反核反戦の世界大会に参加するため来日し、そのとき偶然に日本のリーダーの一人、日本山妙法寺（日蓮宗の一派）の藤井日達上人に出会った。いつしかその人柄と思想に魅了されて、太鼓を叩き題目を唱えるようになった。当時私は、その藤井上人の伝記をつくる仕事をしていて、その縁で、フランスに旅をしたとき、グロタンディーク氏に面会するチャンスに恵まれたのだった。このグロタンディーク氏との出会いがとくに岡潔の名と結びつけられるようになったのは、生前の岡潔が、浄土宗一派の「光明会」の念仏行事で、朝から晩まで毎日のように「ナムアミダ　ナムアミダ……」と唱えていたのを思い出したからだった。そして、数学的直観と宗教的神秘体験のあいだには、内面的な関係があるという意味のことをかれがいっていたからだった。

さて、今からもう半世紀も以前のことになるが、その数学者の岡潔と文芸評論家の小林秀雄が『新潮』で対談をしたことがあった。一九六五(昭和四〇)年のことだった。なぜそんな珍しい出会いが実現したのかについては略するが、そこで発言している岡潔の言葉がじつに含蓄に富み、生き生きしていたことを覚えている。

岡潔は数学者でありながら奇矯な言動で知られていた。たとえば、こんなことをいう人だった——自分は数学上の発見をするとき、心の内に不思議な働きのしるしを感ずる。いまふれた神秘的な直観の不思議さについてである。そのような経験と数学上の発見とのあいだに、いったいどのような関係があるのか、そのことをずっと考えている……。

面白い数学者がいるものだと思い、そのころから岡潔という人間を畏敬の念をこめて眺めるようになったのである。なるほど、それはそうだろう。数学的な直観と神秘的な体験のあいだには、何か重大なものが隠されているにちがいないと思うようになったのである。その岡潔が小林秀雄との対談のなかで、数学上の1を人間はいつ発見するのだろうか、という問いをもちだしていた。それが、何とも意表を衝く話に展開していく。

誕生まもない赤ん坊の動きをじっとみつめることから、岡潔の実験観察がはじまる。細かいことは省くが、赤ん坊は生まれてから十八ヵ月ぐらいになったとき、にわかに全身的な運動をはじめるのだという。そのときが1の発見のときではないか。赤ん坊は全身的な運動をはじめたとき、からだ全体で1というイメージをつかむのだということだろう。全身運動と1という観念の相関である。全身を動かしているうちに1を体得する。それはまさに神秘的ともいうべき生命の働きではないか。美しい直観の働き、ではないか。

もっとも、岡潔の話のそのくだりを目にしたとき、私の頭にはもう一つ別の感動が浮かんでいた。赤ん坊は全身運動をはじめたとき、たんに数学上の1を発見しただけではないだろう。それと同時に「全体」も発見しているのではないか、自己（＝1）と宇宙（＝全体）を同時に体感したのではないか。

生まれてまもない赤ん坊をじっと観察しつづけ、十八ヵ月目になってハッと膝を叩く岡潔の、歓喜にみちあふれた姿が蘇る。子どものような老数学者の無心の姿ではないだろうか。直観の海にひたっている科学者の、自在な風格である。

それからしばらく経ってからだった。必要に迫られて、ヘレン・ケラーの伝記を調べていた。見ることができない、聞くこともできない、話すこともできない、そういう三重苦につきおとされた少女が、いったいどうして言葉の輝きを手にすることができたのか。その苦難の道程が知りたかったのである。

あのサリヴァン先生が家庭教師としてやってきたとき、ヘレンは七歳だった。サリヴァン先生は二十一歳、ヘレンの闇の世界に光を射し入れるための試行錯誤が、二人三脚ではじまる。そして、決定的な瞬間が訪れる。サリヴァンがヘレンの手に、井戸から汲みあげた冷たい水を触れさせ、もう一方の掌に、「w・a・t・e・r」と綴ったときだ。世の中のすべてのものに名前があると、ヘレンがはっきり意識した瞬間だった。

なぜ、そんな奇蹟のようなことがおこったのか。たんなる偶然の出来事だったのだろうか。それともそこに神の手が働いたのだろうか。サリヴァン先生の直観にヘレンの生命が鋭く反応したためであろうか。

やがて私は、ヘレンがその視力、聴力、そして話す能力を一挙に失ったのが、生後十九ヵ月のとき熱病にかかったときであるという事実を知らされた。その箇所に、私の目が釘づけになった。何と、「生後十九ヵ月」！　そのとき、さきの岡潔の仮説がいつのまにか眼前に浮上していたことはいうまでもない。

もしもそうであるとすれば、ヘレンはすでに数学上の1を手にしていたのである。それと同時にかの女は、生命的な「全体」をも体感していたということになるだろう。岡潔のいう生後「十八ヵ月」と、ヘレンが視・聴・話の能力を一挙に失った「十九ヵ月」が、私の脳中で火花を散らしはじめたのである。全身運動をはじめる「十八ヵ月」の赤ん坊と、視・聴・話の能力を失った「十九ヵ月」の赤ん坊とのあいだに横たわっているかもしれない、生命の断絶と連続の秘密である。それについてわれわれの「科学」ははたして何かをいいうるのだろうか。われわれの「哲学」ははたして創造的な知見をつけ加えることができるのだろうか。

岡潔の発想からすると、数学的1のまわりには曰くいいがたい未知の世界がどこまでも広がっているようだ。その闇の奥の方から知恵のある微生物のようなものが何かをささやきかけてくる。その波動をわれわれは、自分たちの内部のアンテナではもうとらえることができないでいる。

だが岡潔の耳はそのささやきの声を、どうもとらえていたようだ。かれのいう数学的直観はその微生物の自由闊達な振舞いに鋭い触角をのばしていた。私の目には岡潔という存在が、「科学」の外側にブヨブヨとひろがる未知の空間を何とか「科学」の内側にとりこもう、惹きつけようとしている「科学者」のようにもみえてしかたがなかったのだ。もっとも、数学という学問が「科学」の戦列についているものと仮定したうえでの話ではあるのだが……。

いや、岡潔のいう数学的1はけっして本来の「科学」の庭で観察されるような命題ではないのだろう。それはむしろ「科学」という花園に咲くたんなる幻想にすぎない、と反論する人がいるかもしれない。あいかわらず伝統的な「科学」の領分を固守したいと願う保守的な人びとの抗議の声である。「科学」は「哲学」とも「宗教」とも一線を画していなければならない、と主張する原理主義者の抗弁である。

もちろん、そのような抗議、反論の気持もわからないではない。厳密なる科学の立場からすれば、そういうほかはない事情なのだろう。しかしながら時代はそろそろ、これまでの「科学」の外側にひろがる巨大な空間を当の「科学」の内側に包みこむような、新しい「科学」の領分を設定しなければならないところにきているのではないだろうか。いってみれば科学の科学、すなわちメタ科学といった領域のことだ。

素人の耳学問であることを承知でいえば、生命の現象について「遺伝子」の世界が微細に明らかにされているのにたいし、「脳」の働きについての研究の方は遅れに遅れているのだという。その両者の研究上の落差は、これからさき五〇年や一〇〇年ではとうてい埋められそうにない、ともいう。もしもそうであるとすれば、その「遺伝子」研究と「脳」研究の落差のあいだからこそ、生命そのものの不思議な働きと美しい神秘の世界がみえてくるのではないか。

これまでの保守的な「科学」の立場からすれば、「遺伝子」の領分と「脳」の領分だけを全体から切り離して、そこにだけ「科学」の世界が存在するのだといいたいのであろう。けれどもこれからの「科学」はそういう窮屈な自己限定の枠をとりはらって、もっと自由な規制緩和の道にすすみでていってもいいのではないか。「脳」と「遺伝子」のあいだにひろがる神秘の輝き、生命の不思議な美しさの前に謙虚にひざまずき、新しい「メタ科学」の誕生をめざしてパラダイム転換の道を歩きはじめてもいいのではないか。
その「科学」のこれからの運命についていえば岡潔には今日聞いてなお示唆に富むいくつかの発言があることに気づく。なかでも逸しがたいのが、つぎのような主張である。それを要約していえば、二〇世紀は物理学の世紀だったと人はよくいう。もしそうなら、この二〇世紀の立役者だった物理学がやったことはいったい何だったのか。それには二つあった。一つは「破壊」である。原爆や水爆の開発をみればわかることだ。そしてもう一つの仕事というのが「機械的操作」であった。工学的なテクノロジーを使い、モノとモノを操作して組み合わせることだった、と。（本文一四三〜一四七頁を参照）
なるほど岡潔のいう通り、今日のわれわれの周囲をとりまいて大きな話題になっているIT革命、ロボット開発、遺伝子治療、そして精子と卵子を操作しておこなう不妊治療など、そのどれをとってみてもみんなこの「機械的操作」ではないか。それにくらべるとき、「創造」に値する仕事にはほとんど手をかしてはいない。だいいち物理学にとどまらず自然科学そのものは「葉緑素」ひとつ「創造」することができないでいるではないか、とかれはいっているのである。今日この国に、このような岡潔の言葉に耳を傾けようとする科学者がどれだけいるだろうか。
もっともそのように主張することで、岡潔が物理学や自然科学の存在理由を否定しているのでないことはいうまでもない。あくまでもその限界を指摘し、自然科学はもうすこし謙虚であってほしいと主張していたのだと思う。また氏は、こうもいう。数学上の発見も物理学上の真理も、それは頭の中だけで考えているうちはまだ本当の理解には達していないのだ。なぜなら頭の中で組み立てられた理論は、われわれの「情」の世界によって受け入れられたとき本当に理解されることになるからである、と。

岡潔がいつも口癖のようにいっていたことが「情」の大切さ、「情緒」「人情」の重要性であったことはよく知られている。人間の教育にとってそれがもっとも根元的な要所である、と生涯いいつづけてきたのもそのためだった。

自然は、われわれのこころの中にある、自然の中にわれわれのこころがあるのではない、岡潔がつね日頃いっていた持論である。そのことは、本書のどの頁を繰って読んでも行間を通して伝わってくる。数学者岡潔を理解するための重要なポイントである。この書物の巻末に「夜雨の声」を選んで置いてみたのもそのためだ。それで勢いづいて本書のタイトルにもっていくことにもなったのである。

岡潔は若いころ、数学に熱中してわれを忘れるような生活を送っていた。そんな時代、よく無名女流歌人のつくったつぎのような歌にこころを寄せていたという。

窓の火に映りて淡く降る雪を
　思ひとだへてわれは見て居り

みると、下宿の部屋の内側ではストーブの火が勢いよく炎をあげて燃えている。人はそのような音を聞いていると、不思議にものを考えてみたくなるものである……。

岡潔は、生涯、思索と発見の旅の中にあって降る雪や燃えあがる炎や、そして夜中に降りつづける雨足の音を聞きながら、もの思いにふけっていたのであろう。ちなみに、タイトルに選ばれている「夜雨の声」は、道元の「深草の閑居夜雨の声」という偈から採ったのだという。

編集付記

各文章の底本は左記のとおりです。

「情緒」「独創とは何か」「ロケットと女性美と古都」「生命の芽」――『岡潔集　第三巻』(学習研究社)
「春の日、冬の日」――『岡潔集　第二巻』(学習研究社)
「こころ」「愛国」――『岡潔集　第五巻』(学習研究社)
「無明ということ」「数学も個性を失う」「科学的知性の限界」「破壊だけの自然科学」――『人間の建設』(新潮文庫)
「物質主義は間違いである」「日本民族の心」――『昭和への遺言』(月刊ペン社)
「夜雨の声」――『日本の国という水槽の水の入れ替え方』(成甲書房)

夜《や》雨《う》の声《せい》

岡《おか》 潔《きよし》　山折《やまおり》哲雄《てつお》＝編

平成26年 9月25日　初版発行
令和 7 年 10月10日　12版発行

発行者●山下直久

発行●株式会社KADOKAWA
〒102-8177　東京都千代田区富士見2-13-3
電話　0570-002-301（ナビダイヤル）

角川文庫 18786

印刷所●株式会社KADOKAWA
製本所●株式会社KADOKAWA

表紙画●和田三造

ISBN978-4-04-409470-6　C0195

角川文庫発刊に際して

角川源義

第二次世界大戦の敗北は、軍事力の敗北であった以上に、私たちの若い文化力の敗退であった。私たちの文化が戦争に対して如何に無力であり、単なるあだ花に過ぎなかったかを、私たちは身を以て体験し痛感した。西洋近代文化の摂取にとって、明治以後八十年の歳月は決して短かすぎたとは言えない。にもかかわらず、近代文化の伝統を確立し、自由な批判と柔軟な良識に富む文化層として自らを形成することに私たちは失敗して来た。そしてこれは、各層への文化の普及滲透を任務とする出版人の責任でもあった。

一九四五年以来、私たちは再び振出しに戻り、第一歩から踏み出すことを余儀なくされた。これは大きな不幸ではあるが、反面、これまでの混沌・未熟・歪曲の中にあった我が国の文化に秩序と確たる基礎を齎らすためには絶好の機会でもある。角川書店は、このような祖国の文化的危機にあたり、微力をも顧みず再建の礎石たるべき抱負と決意とをもって出発したが、ここに創立以来の念願を果すべく角川文庫を発刊する。これまで刊行されたあらゆる全集叢書文庫類の長所と短所とを検討し、古今東西の不朽の典籍を、良心的編集のもとに、廉価に、そして書架にふさわしい美本として、多くのひとびとに提供しようとする。しかし私たちは徒らに百科全書的な知識のジレッタントを作ることを目的とせず、あくまで祖国の文化に秩序と再建への道を示し、この文庫を角川書店の栄ある事業として、今後永久に継続発展せしめ、学芸と教養との殿堂として大成せんことを期したい。多くの読書子の愛情ある忠言と支持とによって、この希望と抱負とを完遂せしめられんことを願う。

一九四九年五月三日